文庫

羊飼いの指輪　ファンタジーの練習帳

ロダーリ

関口英子訳

kobunsha classics

光文社

『羊飼いの指輪　ファンタジーの練習帳』目次

この本の使い方

この本の物語には、それぞれ三つの結末が提示されています。巻末に、著者自身はどの結末が好きなのかを書いておきました。読者のみなさんは、三つの結末を読み、よく考えてみてください。好きな結末が見つからなければ、みなさん自身でつくり、文章や絵で表現してみることもできるでしょう。では、さっそく物語の世界で遊びましょう。

羊飼いの指輪　ファンタジーの練習帳

1

魔法の小太鼓

Il tamburino magico

昔あるところに、戦地から帰還する途中の鼓手がいた。とても貧しく、持ち物といえば小太鼓ひとつだったが、何年も留守にしていた我が家に帰ることができるので、心から満足していた。彼が打ち鳴らす小太鼓の音は、遠くまで響いた。タラタン、タラタン、タラタン……。

ひたすら歩き続けたところで、一人の老婆に出会った。

「これはこれは、立派な兵隊さん。あたしに一ソルドばかり恵んではくれんかね？」

「おばあさん、ぼくだって金《かね》さえあれば、二ソルドでも十二ソルドでもあげたいところだけど、あいにく持ち合わせがなくてね」

「確かなのかい？」

「今朝、ポケットというポケットを探しまくったけど、何も出てこなかったよ」

「もういちど見てごらん。じっくり探すんだよ」

「ポケットの中を？　それでおばあさんの気がすむなら、もう一回見てもいいよ。だけど、そんなことをしたって絶対にあるわけが……おや、これは何だ？」

「一ソルドじゃないか。ほらごらん、あったろう」

「誓って言うけど、お金が入ってるなんて、ちっとも知らなかったよ。だけど、なんてステキなんだろう！　どうぞ。喜んでおばあさんにあげるよ。ぼくよりもこのお金を必要としてるようだからね」

「ありがとうよ、兵隊さん」と、老婆は言った。「お礼にお前さんにも何かあげないとだね」

「本当かい？　でも、ぼく、欲しいものなんて、何もないよ」

「本当だとも。ちょっとした魔法を授けてあげよう。お前さんの太鼓が鳴るたびに、その音を聞いた者は、誰もが踊りださずにはいられなくなる魔法さ」

「ありがとう、おばあさん。すばらしい魔法だね」

「それだけじゃない。いったん踊りだすと、お前さんが太鼓を叩くのをやめるまで、ずっと踊ってるんだ」

「そいつはすごいや！　その魔法でいったい何ができるかわからないけど、きっと役に立つと思うよ」

「もちろん役に立つとも。それじゃあ達者でね、兵隊さん」

「さようなら、おばあさん」

こうして、鼓手は家を目指してふたたび歩きはじめた。てくてく歩いていると、いきなり森から三人組の盗賊が飛びだしてきた。

「命が惜しかったら、財布を寄越せ！」

「お願いだから、お手やわらかに。財布ならどうぞ持っていってくれ。だが、中身は空っぽだ」

「手をあげないと撃つぞ！」

「わかった。言われたとおりにするよ、盗賊さんたち」

「金はどこにある？」

「ぼくとしては、帽子の中にでも隠しておきたいところだが……」

盗賊たちは帽子の中をのぞいてみたが、何もない。

「ぼくとしては、耳の中にでも隠しておきたいところだが……」

耳の中をのぞいてみたが、やっぱり何もない。

「お金さえあれば、鼻の先にでも乗せておきたいところだが……」

盗賊たちは、のぞき、探し、さぐりまわったが、鉄のチェンテジモ硬貨すら見つからなかった。

「お前は本当の文無しなんだな」と、三人組のボスが言った。「仕方ない。その太鼓をちょうだいして、音楽でも楽しむことにするか」

「どうぞ持っていってくれ」鼓手はため息をついた。「この太鼓とは何年も一緒だったから、別れるのは悲しいが、あんた方がどうしても欲しいというのなら……」

「欲しいとも」

「持っていく前に、最後に一度だけ叩かせてくれんかね？　そうすれば、ついでに叩き方も教えてあげられる……」

「いいだろう。叩いてみせろ」

「そうだ、いいことを思いついた」すかさず鼓手が提案した。「ぼくが太鼓を叩くから、あんた方は……（タラタン、タラタン、タラタン！）踊ってみせてくれ」

三人組の盗賊たちが踊る姿は、じつに見物《みもの》だった。さながら、祭りの見世物小屋の三頭の熊といった有り様だったのだ。

初めのうち、三人とも笑ったり軽口を叩いたりして楽しんでいた。

「おい、しっかり叩け！　ワルツを頼むぞ！」

「太鼓叩き、次はポルカだ！」

「よし、こんどはマズルカにしよう！」

　ところが、しばらく踊っているうちに、しだいに息があがってきた。休みたくても身体がいうことをきかない。もうくたくたで、息も苦しく、目も回るというのに、魔法の太鼓のせいで、踊って踊って踊りつづけるしかなかった。

「助けてくれ！」

「踊るんだ！」

「勘弁してくれ！」

「踊ってろ！」

「そんな殺生《せっしょう》な！」

「踊れ、踊るんだ！」

「頼む、やめてくれ！」

「太鼓を奪わないと約束するか？」

「約束する。そんな気味の悪いものは、こっちから願い下げだ」

「もう、邪魔はしないな？」

「お前の言うとおりにする。だから、太鼓を叩くのをやめてくれ」

それでも鼓手は念のため、三人が力つき、息を切らして地面に倒れ込むまで、太鼓を叩き続けた。

「これで、もう追いかけてこられないぞ」

鼓手はその隙に全速力で逃げだした。ときどき、用心のため太鼓を叩く。すると、たちまち巣の中の野ウサギや、木の枝のリス、真っ昼間だというのに起こされたフクロウなどが踊りだす。

こうして気のいい鼓手は、走っては歩き、歩いては走りしながら家を目指した。

●●● 結末　その1 ●●●

道々、鼓手は考えた。

――この魔法のおかげでぼくに運が向いてくるかもしれない。よく考えてみたら、あの盗賊のときだって惜しいことをしたもんだ。あいつらから金を奪うことだってできたのに……。そうだ、戻って、あいつらを探してみることにしよう……」

引き返そうと向きを変えたところで、山道の向こうから乗合馬車がやって来るのが目に入った。

「ちょうどいいカモがあらわれた」

馬は、鈴を鳴らしながら速足で進んでいく。馬を走らせている馭者は、口笛で陽気なメロディーを吹いていた。隣には、武装した護衛兵が座っている。

「こんにちは、兵隊さん。馬車に乗るのかね?」

「いや、歩きで結構だ」

「だったら、どいてくれないか。通れないんでね」

「待ってくれ。その前に、一曲踊っていかないか?」

タラタン、タラタン……。太鼓が鳴りだすと、まず馬たちが踊りだした。馭者もぴょんと立ちあがり、リズムに合わせて足を動かしはじめる。護衛兵は、銃が落ちるのもお構いなしに踊りだし、乗り合わせていた客たちも踊りだす。

じつはその馬車には、銀行に運ぶ金《きん》も積まれていた。金のぎっしり詰まった金庫が三つ。合わせて三百キロはあったろうか。鼓手は片手で太鼓を叩きつづけながら、もう一方の手で馬車から金庫をひきずり降ろし、足で茂みのかげに押し込んだ。

「踊れ！　踊るんだ！」

「勘弁してくれ！　これ以上は踊れない！」

「だったら、さっさと失《う》せろ！　後ろを振り向くんじゃないぞ」

貴重な荷物をおいたまま、馬車はふたたび走りだした。こうして鼓手は億万長者になったのだ。いまや立派な屋敷を建て、利息だけで暮らすこともできる。功労勲章《コンメン》受勲者《ダトーレ》の娘と結婚するのだって夢ではない。お金が入り用になっても、わざわざ銀行に行く必要はない。太鼓を叩きさえすればいいのだから。

結末　その2

道々、鼓手はツグミを撃とうとしている猟師を見た。そこで、タラタン、タラタンと小太鼓を打ち鳴らすと、猟師はカービン銃を落として、踊りだす。その隙に、ツグミは逃げだした。

「この悪党め！　承知しないぞ！」

「いいから踊ってろ。そして、もう二度と小鳥には銃を向けるな」

さらに歩いていくと、こんどはロバを棍棒《こんぼう》で打っている農夫を見かけた。

「踊れ！」

「やめてくれ！」

「踊るんだ！　もうロバを打ったりしないと誓うまで、太鼓を叩くのをやめないぞ」

「誓うよ」

こうして歩きつづけながら、心優しい鼓手は、横暴や不正、権力濫用《らんよう》を目にするたびに太鼓を打ち鳴らすのだった。あちこちに横暴がはびこっているため、いつまでたっても家には帰りつけない。それでも鼓手は満足し、この小太鼓でよいことのできる場所が、ぼくの家なんだと思っていた。

●●● 結末　その3 ●●●

道々、鼓手は考えた。――それにしても、妙な太鼓に妙な魔法だ。いったいどんなまじないがかかってるのか、知りたいものだなあ――

いろいろな角度から撥《ばち》を眺めてはみたが、どこにでもある二本の木の棒にしか見えない。

「きっと、秘密は太鼓の中にあるにちがいない。太鼓の皮をはいでみよう！」

鼓手は、太鼓の皮にナイフで小さな穴をあけてみた。

「ちょっとのぞいてみよう」

ところが、中にはまったく何もない。

「しかたない。太鼓はこのままにしておくことにしよう」

こうしてまた歩きながら、陽気に太鼓を打ち鳴らした。ところが、もう野ウサギもリスも、木の枝の小鳥たちも、太鼓の音を聞いても踊りだすことはない。フクロウも目覚めはしなかった。

タラタン、タラタン……

太鼓の音はこれまでと変わらないのに、魔法の効力が消えていたのだ。

信じられないことに、それでも鼓手は、前にも増して満足だった。

2

抜け目のないピノッキオ

Pinocchio il furbo

むかしあるところに、ピノッキオがいた。といっても、『ピノッキオの冒険』の主人公ではなく、別のピノッキオだ。このピノッキオも木でできていたが、少しばかりようすが違っていた。ジェッペットじいさんに作ってもらったのではなく、自分自身の手で作ったものだったのだ。

かの有名なあやつり人形とおなじように、このピノッキオもよく嘘をつき、そのたびに鼻がぐいぐい伸びていく。それでも、やっぱり別のピノッキオだった。その証拠に、鼻が伸びても、例のピノッキオのように驚いたり、泣きわめいたり、妖精に助けを求めたり……といったことはいっさいしない。こちらのピノッキオはナイフ……いや鋸《のこぎり》を握りしめ、鼻の先を潔く切り落とすのだ。しょせん木でできているのだから、痛みなんて感じることもない。

このピノッキオも、例のピノッキオに負けないくらいたくさんの嘘をついたものだから、そのうち家じゅうが切り落とされた木でいっぱいになった。

「すごいぞ」と彼はつぶやいた。「しっかり寝かしたすばらしい材木がこれだけあれば、家具が作れる。自分で家具を作れば、家具代が浮くってわけだ」

このピノッキオ、手先はじゅうぶんに器用だった。せっせと働き、ベッド、テーブル、箪笥《たんす》、椅子、本棚、ベンチ……と、次々に家具を完成させていった。ところが、最後にテレビを載せる台を作っていたところで、材木が足りなくなってしまった。

「そうだ、こういうときこそ立派な嘘をつけばいい」と、ピノッキオはつぶやいた。

急いで外に飛びだし、ぴったりの相手を探す。すると、いかにも年じゅうバスに乗り遅れていそうなタイプの、小柄な男が歩道を転がるように走ってきたではないか。

「こんにちは。それにしても、あなたほどラッキーな方はいませんね」

「わしがかね？　いったいどういうわけで？」

「ご存じないのですか？　宝くじで一億リラ当たったんですよ。五分ほど前にラジオで言ってました」

「そんなはずがない！」

「そんなはずがないはずはありません。失礼ですが、お名前は？」

「ロベルト・ビスルンギ……」

「ほらね。ラジオで、他でもなくその名前を言ってました。ロベルト・ビスルンギってね。どんなお仕事を？」

「高台のサン・ジョルジョで、サラミやノートや電球を売ってるが……」

「でしたら間違いありません。当選者はあなたです。一億リラですよ。いやあ、ほんとうにおめでとうございます」

「そいつはどうも……」

ビスルンギ氏は半信半疑だったが、なんだか興奮し、カフェに入ってミネラルウォーターを一杯飲まずにはいられなかった。飲みほしたところで、宝くじなんてこれまで一度も買っていないことにようやく思い至った。ということは、なにかの間違いに決まっている。慌てて戻ったとき、肝心のピノッキオは大満足で家に帰ったあとだった。この嘘のおかげで、テレビ台の最後の一本の脚を作るのにぴったりの長さだけ鼻が伸びたのだ。ピノッキオは鋸で鼻を切り落とし、釘で打ちつけ、かんなをかけると……はい、できあがり。こんな立派なテレビ台、お金を出して買おうと思ったら二万リラはするはずだから、ずいぶん節約したことになる。

こうして自分の家のインテリアをひと通りそろえたピノッキオは、商売をはじめることにした。

「材木を売って、金持ちになるんだ」

その言葉どおり、ピノッキオは目にもとまらぬ速さで嘘をつくものだから、しばらくすると職人が百人、経理の社員が十二人も働く、大きな材木店の主《あるじ》になった。ピノッキオは、乗用車四台とトレーラートラック二台を購入した。トレーラートラックは、なにもドライブのために使うのではなく、材木を運ぶために使うのだ。フランスやウソツキランドといった、国外にも輸出をはじめた。

やれ嘘、ほれ嘘と、次から次へと嘘をつくたびに、疲れ知らずの鼻はにょきにょきと伸びつづけ、ピノッキオはどんどん金持ちになっていった。いまや、材木店は三千五百人の職人が働き、帳簿をつける計理士が四百二十人という規模にまで成長していた。

ところが悲しいかな、あまりに繰り返し嘘をついたせいで、しだいにピノッキオの想像力は枯れていった。新しい嘘を考えだすには、あちこち歩きまわり、ほかの人びとの嘘を聞き、真似しなければならなくなったのだ。大人の嘘、子どもの嘘……。ただし、どれも大した嘘ではなかったため、鼻はいちどに二、三センチしか伸びてくれない。

困ったピノッキオは、月給を払って相談役を雇うことにした。一日に八時間、この相談役はピノッキオのオフィスで嘘をたくさん考えだし、それを何枚ものメモ用紙に書きとめ、社長に渡すのだ。

「聖ピエトロ大聖堂は自分で建てたと嘘をつく」

「フォルリンポポリの街には車輪がついていて、のどかな田園地帯を散歩できると嘘をつく」

「北極へ行って穴を掘っていたら、いつの間にか南極に到達したと嘘をつく」

おかげで、相談役はそこそこの給料をもらうことができたが、夕方になると、嘘を考えすぎたせいで頭が痛くなるのだった。

「モンブランは、社長の伯父さんだと嘘をつく」

「象は、横たわって眠るのでも立ったまま眠るのでもなく、鼻で逆立ちした格好で眠る……」

「アドリア海に流れ込むことに飽きてしまったポー川は、インド洋に流れ込むことにした……」

こうして、大金持ちのなかの大金持ちになったピノッキオは、自分で鼻を切り落とすことさえしなくなった。専門の鼻切り職人が二人付き、白い手袋をはめ、金色の鋸で切り落とすのだ。この二人には、給料が二倍支払われた。仕事の手当てと、秘密を誰にも漏らさないための手当てだ。特別大きな成果が得られた日には、コップ一杯のミネラルウォーターが支給されることもあった。

●●● 結末　その1 ●●●

ピノッキオは、日ごとに金持ちになっていった。だからといって、ものすごくケチだったわけではない。例えば相談役には、ときどきちょっとしたプレゼントを渡していた。ミント飴やリコリス菓子、セネガルの切手といった類《たぐい》のものだ。

そんなピノッキオは村人たちの自慢の種となり、ぜひ村長になってほしいと頼まれた。だが、ピノッキオは断った。それほど重い責任を引き受ける気持ちには、どうしてもなれなかったのだ。

「あなたなら、村のためにいろいろなことができるはずだ」と、村人たちはピノッキオに言った。

「するとも。するとも。村長にならなくてもするよ。ぼくの名前を付けてくれると約束してくれるなら、幼稚園だって建てるさ。公園にはベンチを寄付する。そうすれば、年老いた労働者が、疲れたときに身体を休めることもできるからね」

「ピノッキオ万歳！　ピノッキオ万歳！」

村人たちはとても喜んで、村にピノッキオの彫像を建てることにした。ほどなく、中央広場に大理石の彫像が完成した。三メートルもの背丈のピノッキオが、九十五センチほどの背丈の、身よりのない子どもに、お金をプレゼントする姿の彫像だ。完成式には、彫像のまわりで楽隊が演奏し、花火が打ち上げられた。それは、いつまでもいつまでも語りつがれる式典になったということだ。

結末　その2

ピノッキオは日ごとに金持ちになっていった。そして、富が増えれば増えるほどケチになったのだ。いっぽう、だんだん新しい嘘を考えるのがつらくなってきた相談役は、しばらく前から給料をあげるように求めてきた。だが、ピノッキオはなにかと言い訳を見つけては、断り続けた。

「給料をあげろ、あげろというが、昨日なんて、あまりに安っぽくて、鼻が十二ミリしか伸びない嘘もあったぞ。十二ミリの材木では、楊枝を作ることもできないじゃないか」

「私にも家族がいます」と、相談役は言うのだった。「ジャガイモの値段があがったもので……」

「その代わり、パネットーネ［クリスマス用のドーム型の菓子］は値段が下がったじゃないか。ジャガイモじゃなくて、パネットーネを買えばいいだろう」

そうこうするうちに、相談役は社長が大嫌いになってしまった。やがて恨みが募り、相談役は社長に対する復讐を考えるようになった。

「いつかぎゃふんといわせてやるぞ」相談役はつぶやきながら、その日の分の嘘をいやいやメモに書きとめていた。

そして、メモ用紙の一枚に、ほとんど無意識のうちに、「『ピノッキオの冒険』の作者は、カルロ・コッローディである」と書いてしまった。

そのメモ用紙は、嘘を書いた紙と一緒に置かれた。生まれてからというもの、一冊も本を読んだことのなかったピノッキオは、それもほかのと変わらない嘘だと思い込み、誰かに会ったらさっそく使ってやろうと、記憶にとどめておいた。

こうして純粋なる無知から、生まれてはじめて真実を口にしてしまったのだ。真実を口にしたとたん、ピノッキオの嘘から生まれた材木はおが屑と塵になり、彼の築きあげた富は、風に吹き飛ぶように消えた。こうして、ピノッキオはふたたび貧しい暮らしに戻り、古ぼけた家からは家具もすべて消えてしまった。涙をふくためのハンカチすらなかったということだ。

結末　その3

ピノッキオは日ごとに金持ちになっていった。一人の物知りの男が近くを通りかからなかったら、世界一の大金持ちになっていたことだろう。この男、知らないことは何ひとつなく、ピノッキオがひとたび真実を口にしたならば、これまで築いてきた富はすべて雲のように掻き消されてしまうことまで知っていた。

「ピノッキオさん、これこれこういうわけですから、どんなに小さなことでも真実はけっして口にしないように注意してくださいよ。たとえ間違っても本当のことを言ってはいけません。でないと、これまでのつきがすべて消えてなくなってしまいます。いいですね？　わかりましたか？　ところで、あのお屋敷はあなたのものですか？」

「いいえ、違います」とピノッキオは言った。

「それならば、わたしがいただくことにしましょう。まるでわたしのために建てられたみたいに、ぴったりの大きさだ。あの材木店は、あなたのものですか？」

「いいえ、違います」ピノッキオは、本当のことを言わないために、しぶしぶそう答えた。

「それはすばらしい。でしたら、わたしがいただくことにしましょう……」

同様のやり方で、男は自動車も、トレーラートラックも、テレビも、金《きん》の鋸も、すべてピノッキオから取りあげてしまった。ピノッキオはだんだん機嫌が悪くなっていったが、舌を切られても真実だけは口にするまいと必死だった。

「ところで……」最後に男は言った。「その鼻は、あなたのものですか？」

ピノッキオは怒りだした。「ぼくのに決まってるじゃないか！　ぼくから鼻まで取りあげることはできないよ！　鼻はぼくのものだ。触ったら承知しないからな！」

「いまのは、まさしく真実だな」男はにやりと笑った。

そのとたん、ピノッキオの材木はすべておが屑となり、彼が築きあげた富は塵となった。そこへものすごい風が吹きつけ、ありとあらゆるものを運び去っていった。気がつくと、謎の男もいなくなっていた。とり残されたピノッキオは、ひとりぼっちで貧しく、のど飴ひとつ持っていなかったということだ。

3

哀れな幽霊たち

Quei poveri fantasmi

ボルトという惑星に、おおぜいの幽霊が暮らしていた。暮らしていたといっても、なんとか生きのびているといった具合で、あまり楽な暮らしではなかった。幽霊ならばどこの世界でもそうするように、洞窟や、朽ち果てた城、廃墟となった塔、屋根裏部屋などに棲みついていた。そして、真夜中の鐘が鳴ると隠れ処《が》から出てきて、惑星ボルトをあちこちまわり、ボルト星人を驚かすのだった。

ところが、肝心のボルト星人は誰も驚かない。進歩的な人ばかりだから、幽霊の存在など信じていなかったのだ。幽霊を見かけるとからかいまくり、しまいには幽霊のほうがみじめになって逃げだす始末。

たとえば、ぞくぞくするほど物悲しい音を立てて鎖を引きずる幽霊がいると、ボルト星人はすかさず大声ではやしたてる。

「おいおい幽霊くん。その鎖、少し油をさしたほうがいいんじゃないの？」

あるいは、白いシーツを恐ろしげに揺らす幽霊がいたとする。すると、ひどい時には子どものボルト星人がやってきて、甲高い声で言うのだ。

「ねえ、幽霊さん。いいこと教えてあげる。そのシーツ、洗濯機に放り込んだほうがいいよ。環境に優しい洗剤を使ってね」

夜が終わるころ、幽霊たちは疲れはて、自尊心もずたずたになって、自分たちのねぐらに戻ってきた。これまでにないほど意気消沈し、愚痴や文句や泣きごとがとまらない。

「信じられないよ！　バルコニーで涼んでいた奥さんなんて、ぼくの姿を見るなり、『ほらほら、遅刻よ。あなたの時計は遅れてるわ。幽霊の世界には、修理してくれる時計屋さんもいないの？』なんていうんだよ」

「俺だって同じようなもんだ。ドアに画鋲でメモがとめてあって、『親愛なる幽霊どの。お散歩を終えられたら、ドアを閉めてお帰りください。先日は、開けたまま帰ってしまわれたので、家じゅう野良猫だらけになってしまい、私どもの子猫ちゃんのミルクを飲まれてしまいました』なんて、書いてあった」

「幽霊に対する敬意ってもんがない」

「信仰もなにもあったもんじゃない」

「なんとかしなければ」

「どうすればいいのか、意見を言ってくれ」

抗議のデモ行進をしようと提案する者もいれば、惑星ボルトの鐘という鐘をいっせいに打ち鳴らし、ボルト星人の穏やかな眠りを妨げようという者もいた。

おしまいに、最長老で、惑星きっての賢者である幽霊が口をひらいた。

「皆の者……」と、古いシーツのほころびを繕いながら、長老は語りかけた。「親愛なるわが同胞よ。もはや打つべき手はない。ボルト星人を驚かせるなんて不可能だ。連中は、われわれが立てる物音にすっかり慣れてしまったし、こちらの手の内もすべて知りつくしている。われわれの行進にも怖がらない。われわれにできることは、もはやここにはない」

「ここには、というのは？」

「つまり、この惑星にはということだ。ここを出て、移住することにしよう」

「そんなことをして、行った先に蠅と蚊しかいなかったらどうするんだ？」

「いや、そんな心配はない。わしがぴったりの惑星を知っている」

「その星の名前は？　名前を教えてくれ！」

「地球という名の惑星だ。ほら、あの上のほうに、青く光る小さな点が見えるだろう？　あれが地球だ。信頼できる筋から、地球には〝幽霊〟という言葉を聞いただけで、ふとんにもぐり込む子どもたちが大勢いると聞いた」

「なんてすばらしい話だ」

「本当かしら？」

「わしは、けっして嘘をついたことのない人物から、この話を聞いたんだ」と、長老の幽霊が答えた。

「多数決だ！」「多数決にしよう！」そこここから声があがった。

「何に投票すればいいんだい？」

「地球という惑星に移住することに賛成のものは、シーツの裾を揺らしてくれ。ちょっと待って、いま数えるからな。一人、二人、三人……四十……四千……四千万……。反対の者はいるかね？　一人、二人……。では、圧倒的多数の賛成で、出発することに決定」

「反対意見の幽霊も出発するのかね？」

「当然だ。少数派は多数派の意見にしたがってもらう」

「出発はいつ？」

「明日の晩、日が暮れたらすぐに」

こうして翌日の晩、まだ月がひとつも出ないうちに（惑星ボルトには十四個もの月があった。そんなにあって、よくもまあぶつからずに回転できるものだ）、ボルト星の幽霊たちは行列を作り、音のしない翼のようにシーツをはためかせつつ、白いロケットさながらに地球へと旅立っていった……。

「まさか、道を間違えたりしないだろうね？」

「心配ないさ。長老は自分のシーツのほころびと同じように、宇宙のことを知りつくしているよ」

結末　その1

光のスピードで旅をしていたものだから、数分もしないうちに、幽霊たちは地球に到達した。着陸したのは影になっていた部分で、ちょうど夜が始まったばかりだった。

「それでは、ここで解散としよう」長老の幽霊がいった。「おのおの自由に動きまわり、好きなことをやってみてくれ。夜明け前にこの場所にふたたび集合し、状況を話し合うことにする。いいね？　さあ、行った行った！」

幽霊たちは闇夜のなか、思い思いの方角に散っていった。

しばらくして、ふたたび集合した幽霊たちはみんな、あまりの嬉しさに、かぶっていたシーツを剝いで、はしゃぎだしたい気分だった。

「いやあ、ここは極楽だ！」

「なんてついてるんだ！」

「まるでお祭りみたいだね！」

「いまどき幽霊の存在を信じる者がこんなにいるなんて、嘘みたい！」

「それも、子どもだけじゃないのよ。大人たちもみんな信じてくれるの」

「大勢の教養のある人たちもね！」

「お医者さんまで驚いてたぞ！」

「こっちなんて、功労勲章受勲者《コンメンダトーレ》を驚かしたら、ショックで髪が真っ白になっちゃったんだ！」

「ぼくらにぴったりの惑星が、やっと見つかったね！　ぼく、ここに残る方に賛成するよ」

「私も！」

「わしもだ！」

地球にとどまるかどうか多数決を採《と》ったところ、とどまらないという方にシーツを揺らした幽霊は一人もいなかった。

●●● 結末　その2 ●●●

光のスピードで旅をしていたものだから、数分もしないうちに幽霊たちはボルト星から遠く離れたところまでやってきた。ところが、出発のどさくさにまぎれて、ほかでもなく地球への移住計画に反対した例の二人の幽霊が行列の先頭に立ったことには、誰も気づかなかった。

じつはこの二人、もとは地球から移住してきた幽霊だったのだ。地球では、二人ともイタリアのミラノに住んでいたのだが、腐ったトマトで武装したミラノ人に追い出され、ミラノから逃げだしたのだった。行き着いた先がボルト星で、二人はボルト星の幽霊にまぎれ、こっそりと暮らしていた。そんな事情があったものだから、地球に戻る気なんてさらさらなかった。だからといって、不法移民だと口にしようものなら、どんな目に遭わされるかわからない。そこで、二人はすばらしい考えを思いついた。思いついただけでなく、すぐさま実行に移したのだ。

二人は何も言わずに列の先頭に立った。みんなは、長老が道案内をするものとばかり思っている。ところが肝心の長老は、みんなと一緒に宇宙を飛んでいるうちに、居眠りをしてしまった。地球を目指すはずだった幽霊の行列は、地球から三十京《けい》キロと七センチ離れた惑星ピッキオを目指していた。その惑星には、ものすごく怖がりの蛙星人がすんでいるだけだった。それでも、ボルト星の幽霊たちにとっては最高に居心地のいい場所だった。ただし、最初の数百年のあいだは。その後、さすがのピッキオ星の蛙星人といえども、幽霊を見てもいちいち驚かなくなったということだ。

●●●結末　その3●●●

光のスピードで旅をしていたものだから、数分もしないうちにボルト星の幽霊たちは地球の月の辺りに達していた。今まさに地球に着陸し、さっそく仕事にかかるぞと思っていた矢先、宇宙の向こうから別の幽霊の行列が飛んでくるではないか。

「おやおや、そこを行くのは誰ですか？」

「そっちこそ、どなたです？」

「それはずるいですよ。こちらが先に訊いたのですから、そちらが先に答えるべきです」

「われわれは、地球に住んでいた幽霊です。地球ではもう誰も幽霊のことを怖がってくれないので、出ていくことにしました」

「それで、どちらへ？」

「惑星ボルトまで。聞いた話では、その星の住人は驚かし甲斐があるそうなのです」

「それはなんとも哀れな話ですね。いいですか？　幽霊の出番がまったくなくなってしまったからこそ、私たちはボルト星から出ることにしたのですよ」

「それは弱りました。あまりにひどすぎます。では、われわれはどうすればいいのでしょうか」

「みんなで手を取り合って、臆病者がたくさんいる世界を探しに行こうではありませんか。この果てしない宇宙には、そんな星がまだひとつぐらいあるでしょう。たったひとつでいいのです……」

「そうですね。そうしましょう……」

こうして、二つの隊列はひとつになり、ああでもないこうでもないと言いながら、宇宙の果てに消えていったということだ。

4

吠え方を知らない犬

Il cane che non sapeva abbaiare

　昔ある村に、吠え方を知らない犬がいた。吠えられないばかりか、ミャーミャー鳴くことも、モーと鳴くことも、ヒヒーンといななくこともできなかった。その犬はいつも単独で行動しており、しかも、その村にはなぜか、ほかに一匹の犬もいなかった。そのため、犬は何かが自分に欠けているなんて思いもしなかった。ほかの動物たちに教えられて、はじめて気づいたのだ。

「ねえ、キミは吠えないの？」

「よくわからない……。ボク、よそ者だから……」

「そんなの返事にならないよ。犬は吠えるものだってことくらい、常識だろ？」

「何のために？」

「犬だからに決まってるじゃないか。道を歩いている見知らぬ人に吠えたり、意地悪な猫を見つけては吠えたり、満月に向かって吠えたり……。嬉しくても吠えるし、気が立っているときも吠えるし、怒っているときも吠える。吠えるのは主に昼間だけど、夜中だって吠えてる」

「そうかもしれないけど、ボクは……」

「何だって言うんだい？　ほら、やっぱりキミは変わってるよ。そのうち新聞に載るんじゃないのか？」

そんなふうに批判されても、犬はなんと答えたらよいのかさっぱりわからなかった。吠え方を知らなかったし、どうすれば吠えられるようになるのかもわからなかったのだ。

「俺の真似をしてごらん」ある日、そんな犬を哀れに思った雄鶏が声をかけ、コケコッコーと何度か鳴いてみせた。

「ボクには難しそうだ」犬はそう答えた。

「そんなことないさ。いたってかんたんだよ。いいか、俺の嘴《くちばし》をじっと見て、よく聞くんだぞ。しっかり観察すれば、真似できるはずだ」

そう言うと、雄鶏はもういちどコケコッコーと鳴いてみせた。

犬は同じように鳴こうとしたが、なんとも聞き苦しいケホケホという音が口から出るばかりで、それを聞いた雌鶏たちが驚いて逃げだす始末。

「気にするな。初めてにしては上出来だ。さあ、もういちどやってみよう」

犬はいちどならず、二度、三度と挑戦した。それだけでなく、毎日、朝から晩までこっそり練習した。時には、誰にも気兼ねなく練習できるように、森へ行くこともあった。ある朝、ちょうど森で練習していたとき、驚くほど立派な声でコケコッコーと鳴くことに成功した。あまりに本物そっくりの鳴き声だったので、それを聞いた狐が考えた。——雄鶏くんがやっと会いにきてくれたわ。急いで走っていって、お礼を言うことにしましょう——。

そう心の中でつぶやくが早いか、狐は駆けだしたが、フォークとナイフとナプキンは忘れなかった。狐にとって、立派な雄鶏ほど食欲をそそる朝ごはんはない。ところが、じっさいに行ってみると、そこに雄鶏の姿はなく、犬が尻尾を丸めて座り、何度も繰り返しコケコッコーと鳴いているだけだった。狐がどれほどがっかりしたかは、ご想像いただけるだろう。

「ひどいわ、そういうことだったのね。あたしを罠にかけたわけ？」

「罠？」

「そうよ。雄鶏が森をさまよっているように見せかけて、あたしを捕まえようと隠れていたんでしょ？　早めに気づいてよかったわ。だけど、こんなの、アンフェアな狩の仕方よね。犬だったら、狩人が来るぞって、吠えて知らせるのが普通じゃないの？」

「誓って言うけど、ボク……ほんとに、狩のことなんてこれっぽっちも考えてなかったよ。ここでひたすら練習してたんだ」

「練習って、なんの練習？」

「吠える練習さ。だいたいできるようになったんだよ。ほら、聞かせてあげるね」

そして、よく通る声でコケコッコーと鳴いてみせた。

狐はおかしくておかしくて、腹の皮がよじれそうだった。腹を抱えて転げまわり、自分のひげとしっぽを噛んだ。笑われたほうの犬はといえば、自分がすっかりみじめになり、目に涙をため、頭を低くうなだれ、その場から黙って立ち去った。

すると、近くにいた一羽のカッコウが、しょげかえって歩く犬の姿を見て哀れに思い、声をかけた。

「何をされたの？」

「何も」

「じゃあ、どうしてそんなに悲しそうな顔を？」

「じつは、これこれこういうわけで、ボク、うまく吠えられないんだ。誰もボクに吠え方を教えてくれないし……」

「だったら、おいらが教えてあげるよ。おいらの声をよく聞いて、真似してごらん。カッコー、カッコー、カッコー。ほら、わかったかい？」

「かんたんそうだね」

「ものすごくかんたんさ。おいらは小さいころからできたよ。やってごらん。カッコー、カッコー」

「カッ……カッ……」と、犬は練習をはじめた。

その日も、次の日も、犬は練習に励んだ。一週間もすると、犬はそこそこ上手に声が出せるようになり、心から満足していた。

——今度こそ、なんとか真面目に吠えることができるようになったぞ。これで、誰にもバカにされなくてすむ——。

ちょうどその頃、猟が解禁になった。たくさんの猟師たちが森に入る。なかには、目に入る物、聞こえてくる音、すべてに猟銃を放つ猟師もいる。相手がナイチンゲールだろうが、かまわず撃つのだ。

そんな猟師の一人が通りかかり、茂みから、森を横切ってカッコー、カッコーと聞こえてくる鳴き声を耳にしたので、立ち止まった。そして、猟銃を構え、パン！　パン！　と、二発の弾を放った。

幸い、弾は犬に当たらなかった。まるで漫画のようにビュ〜ンという音を立てながら、耳もとを通過していった。犬は慌てふためいて逃げだしたが、どうにも不思議でたまらなかった。――あの猟師、頭がどうかしてるぞ。吠える犬に向かって撃つなんて――。

いっぽうの猟師は、鳥を探していた。たしかに仕留めたはずだったのだ。

「きっと、あそこを走っていく犬が横取りしたんだろう。まったく、どこに隠れていやがったんだ」などと文句を言いながら。そして怒りを発散させるために、巣からちょこんと顔を出した小さなネズミに向かって弾を撃ったが、これまた命中することはなかった。

いっぽう、犬は走りに走って……

●●● 結末　その1 ●●●

　犬は走りに走って、一頭の雌牛がのんびりと草を食《は》んでいる牧草地帯にまでやってきた。

「そんなに急いでどこへ行くの？」

「わからない」

「だったら休んでいきなさいよ。ここには、とってもおいしい牧草があるわ」

「牧草なんか食べたって、ボクは元気になれないよ」

「あら、あなた病気なの？」

「病気も病気、吠えることができないんだ」

「そんなの、この世でいちばん、かんたんなことじゃない！　よく聞いてなさいね。モー、モー、モー。素敵な鳴き声だと思わない？」

「悪くはないけど、それって、本当に正しい鳴き声なのかなあ。だって、キミは牛なんだろ？」

「もちろん、あたしは牛よ」

「だけど、ボクは牛じゃない。犬なんだ」

「もちろん、あなたは犬に決まってるわ。それがどうしたっていうの？　牛の言葉を喋れるようになっちゃいけないなんて規則はないでしょ？」

「すごい！　いい考えだ！」犬はとつぜん大きな声をあげた。

「すごいって、何が？」

「今ボクが思いついた考えだよ。いろいろな動物の鳴き声を勉強して、サーカスの曲芸団と契約を結ぶんだ。きっと大人気《だいにんき》になる。そしたら、大金持ちになって、王様の娘と結婚するのさ。もちろん、犬の王様の娘だけどね」

「ステキ！　よくそんなアイディアを思いついたわね。そうと決まったら、さっそく勉強に励まないと。いいこと、よく聞いて真似するのよ。モー、モー……」

「モー」と、犬は鳴いた。

　犬らしく吠えることなんてできなかったが、たいした語学の才能の持ち主だったのだ。

●●●結末　その2●●●

犬は走りに走って、一人の農夫に出会った。

「そんなに急いでどこへ行く?」

「ボクもわからないよ」

「だったら、わしの家に来ないか?　ちょうど、鶏小屋の番をしてくれる犬を探していたんだ」

「喜んで行きたいけど、ボク、吠え方を知らないよ。それでもいいの?」

「かえって好都合だ。犬が吠えると、泥棒は逃げちまう。吠えなければ、泥棒は犬がいることに気づかず、近くまで来るだろう。そこへ、おまえがガブリと咬《か》みつくんだ。そうすれば、悪さをたくらんでいた泥棒をこらしめられるというものさ」

「それならボクにもできるね」犬は引き受けることにした。

こうして、吠え方を知らない犬は、働く場所と、鎖と、日々のスープを手にしたのだった。

●●● 結末　その3 ●●●

犬は走りに走ったが、やがてふと立ちどまった。なんとも奇妙な声を耳にしたのだ。ワンワン、と聞こえたような気がした。そう、ワンワンと……。

——なんだか懐かしい鳴き声だな——と犬は思った。——だけど、どんな動物の鳴き声なのか、見当もつかないや——。

「ワン、ワン」

——キリンだったかな？　いや、違う。ワニだ。ワニは凶暴な動物だぞ。用心しながら、もう少し近寄ってみよう——。

犬は、茂みの下を這うようにして、ワン、ワンという鳴き声が聞こえてくる方向へ進んでいった。なぜか、毛皮の奥で心臓がどっくんどっくんと鳴っていた。

「ワン、ワン」

「おや、ボクの仲間の犬がいるぞ」

ほかでもなく、先ほど「カッコー」という鳴き声を聞いて銃を放った猟師が連れてきた猟犬だった。

「やあ、犬くん」

「よお、犬くん」

「キミは、どんな声で鳴くの？」

「鳴くだって？　言っておくけど、俺は鳴いたりしないぞ。吠えるんだ」

「吠えるだって？　キミは吠えることができるの？」

「当たり前さ。象のようにわめいたり、ライオンのように唸《うな》ったりするわけがないだろう」

「それなら、ボクにも教えて！」

「吠え方も知らないのか？」

「知らない」

「いいか、よく聞いて真似しろよ。こうするんだ。ワン、ワン」

「ワン、ワン」犬はすぐに吠えられるようになった。そして、ああ、やっと本物の師匠とめぐりあえたと感激し、幸せいっぱいだった。

5

砂漠にそびえる屋敷

La casa nel deserto

昔あるところに、とても裕福な男がいた。アメリカ一の大富豪より金持ちだったし、スクルージ・マクダックよりも金持ちだった。超大富豪といったところだろうか。床から天井まで、地下から天井裏まで硬貨がぎっしり詰まった倉庫をいくつも持っていた。金貨に銀貨、ニッケル貨……。五百リラ硬貨、百リラ硬貨、五十リラ硬貨……。もちろん、イタリアのリラだけでなく、スイスのフラン、イギリスのポンド、ドル、ルーブル、ズウォティ、ディナール……。ありとあらゆる価値の世界じゅうの硬貨を、数百キロ、数トンと持っていたのだ。そのうえ、紙幣は数千個のトランクに詰め込み、密封してあった。

この男、名前をプクといった。

ある時、プク氏は屋敷を建てることにした。

「まわりに何もなく、誰もいない砂漠の真ん中に建てることにしよう」と、彼は言った。

ところが、砂漠には家を建てるために必要な石材もなければ、煉瓦《れんが》もモルタルも材木も大理石もない。砂以外には何ひとつなかった。

「そのほうがいい」と、プク氏はいった。「私の金《かね》で家を造るんだ。石材や煉瓦や大理石の代わりに、硬貨を使えばいいだけの話だ」

プク氏はさっそく設計士を呼び、屋敷の設計図を描かせた。

「三百六十五の部屋を造ってくれ」と、プク氏はいった。「一年間毎日、違う部屋が使えるようにな。建物は十二階建てにして、毎月違う階で暮らすんだ。階段は五十二個。一年間、毎週違う階段を使うことにする。それをすべて硬貨で造るんだ。いいね？」

「釘くらいはないと、どうにも……」

「いっさい使うな。釘が必要なら、私の金貨を熔かして金の釘に鋳造しなおしてくれ」

「屋根には瓦が必要かと……」

「瓦もダメだ。私の銀貨を使ってくれ。とても頑丈な屋根ができるだろう」

設計士は図面を引いた。屋敷を建てるために必要な硬貨や紙幣をすべて砂漠の真ん中まで運ぶには、三千五百台のトレーラートラックが必要だった。そして、建築作業員の宿泊スペースとして、四百張りものテントが用意された。

いよいよ着工だ。まず、基礎のための穴が掘られ、そこに、鉄筋コンクリートの代わりに、何台ものトラックにどっさりと積まれた硬貨が次々に流し込まれた。お次は壁だ。硬貨の上に硬貨を積み重ね、硬貨の横に硬貨を並べる。硬貨と硬貨の隙間は石灰で埋めた。

一階は、すべてイタリアの五百リラ銀貨で造られた。二階は、すべて一ドル硬貨か、二十五セント硬貨だ。

もちろん、扉も硬貨を一枚一枚貼り付けたもので造られている。窓だってそうだ。ガラスはいっさい使われていない。オーストリア・シリングとドイツ・マルクをしっかりと接着し、トルコとスウェーデンの紙幣で裏張りをする。屋根も瓦も暖炉も、すべて現ナマでできているのだ。家具も、バスタブも、蛇口も、絨毯《じゅうたん》も、階段の一段いちだんも、地下倉庫の天窓の格子も、便器も、硬貨また硬貨……どこを見てもすべて硬貨……ひたすら硬貨だけでできていた。

毎日、夕刻になると、プク氏は持ち場を離れる職人たちが、ポケットや靴の中にお金を隠して持ちださないよう、身体検査をした。職人たちは、そのたびに舌を出さなければならない。その気になれば、舌の下にもルピーやピアストルやペセタを隠すことができるのだから。

こうして立派な屋敷ができあがったが、それでもまだ硬貨の山がいくつも残っていた。プク氏は、それを屋敷の地下倉庫やサンルームなどに運ばせたため、多くの部屋が硬貨でいっぱいになった。うずたかく積まれた硬貨と硬貨のあいだに、散策したり勘定したりできるよう、狭い通路だけがかろうじて残された。

やがて、設計士も現場監督も、職人もトラックの運転手も、みんな帰っていき、プク氏が一人、砂漠の真ん中のだだっぴろい家にとり残された。その、紙幣と硬貨で造られた大きな屋敷は、足の下も、頭の上も、右も左も、前も後ろも、お金で埋めつくされていた。どこを曲がろうと、どこで振り向こうと、あたり一面、お金、お金、お金、またお金で、逆立ちしても、ほかには何も見えなかった。壁には数百枚の桁外《けたはず》れに高価な絵が飾られている。というのも、絵の具で描かれたものではなく、額の中に紙幣や硬貨が並べられた絵だったのだ。いうまでもなく額も硬貨でできている。屋敷の随所に飾られた数百体の彫像も、どれも青銅貨や銅貨やスチール貨でできていた。

プク氏と彼の屋敷の周囲は、四方に向かってどこまでも砂漠が広がるばかり。時折、北からとも南からともなく風が吹いてきて扉や窓を動かす。すると、チャリチャリと音楽のようなすばらしい音が鳴り響くのだ。それを聞くと、鋭敏な耳の持ち主であるプク氏は、世界各国のさまざまな硬貨の音を聞き分けることができた。

――ほら、このチンという音はデンマーク・クローネで、ディンという音はオランダのギルダーだ。あっちからは、ブラジルとザンビアとグアテマラの通貨の音も聞こえるぞ――。

プク氏が階段をのぼるときなど、足元を見なくとも、靴底と触れ合う感触から、いま踏んだ硬貨が何なのか判断することができた(とても繊細な足の持ち主だったのだ)。そして、目をつぶって階段をのぼりながら、ルーマニア、インド、インドネシア、アイルランド、ガーナ、ニッポン、南アフリカ……などと、ぼそぼそ唱えた。

もちろん、寝るのもお金でできたベッドの中だった。ヘッドボードはナポレオン金貨、シーツは百リラ紙幣を二本どりの糸で縫ったものだ。異常にきれい好きの人だったので、毎日シーツをとり替える。使い終わったシーツは金庫の中にしまっておいた。

眠りにつく前は、決まって書庫の本を読んだ。蔵書はどれも、五大陸の紙幣を丁寧に製本したものだ。プク氏はとても教養のある人だったので、飽きることなく本のページをめくるのだった。

ある晩、プク氏がオーストラリア準備銀行の紙幣で出来た本をめくっていると……

●●● 結末　その1 ●●●

屋敷のドアをたたく音がした。聞き誤るはずがない。――古いマリア・テレジア・ターラー銀貨で造ったドアの音だ――と、彼は思った。

行ってみると、確かにそのとおり。やってきたのは盗賊たちだ。

「財布を出せ。さもないと命はないぞ」

「どうぞ中に入ってよくお調べください。私は財布も小銭入れも持っていません」

盗賊たちは家の中に入ってきた。壁にもドアにも窓にも家具にも、目もくれない。連中のお目当ては金庫だったのだ。ところが、金庫をこじあけてみると、中には何枚ものシーツがしまわれているだけだった。当然ながら、盗賊たちはシーツの材質がリネンか、透かし模様の入った紙なのか、確かめようともしない。仕方なく屋敷じゅうをくまなく探したが、一階から十二階までどこにも、財布はおろか、小銭入れさえ見つからなかった。地下倉庫や屋根裏部屋など、なんだかわけのわからないものが、山と積みあげられている部屋もある。だが、暗かったので、何が積まれているのかはわからずじまいだった。盗賊というのは意外に几帳面なもので、いったん財布を奪おうと決めると、それしか目に入らないのだ。残念ながら、プク氏は財布を持っていなかった。

最初は腹を立てていた盗賊たちだが、そのうちに泣きだした。この屋敷に強盗に入ろうと、ひたすら砂漠を歩き、ようやくの思いでたどり着いたというのに、なんの収穫もないまま、また砂漠を横切らないといけないのだ。盗賊たちを可哀想に思ったプク氏は、慰めるために冷たいレモネードをふるまった。結局、盗賊たちは砂地に涙をぽたぽたと垂らしながら、闇夜を引き返していった。すると思いがけないことに、彼らのこぼした涙一粒ひとつぶから草花が芽を吹いた。翌朝、プク氏の目の前には、花が咲き乱れる美しい景色がひろがっていたのだった。

●●●結末　その2●●●

屋敷のドアをたたく音がした。聞き誤るはずがない。――古いエチオピア皇帝のタラール金貨で造ったドアの音だ――。

ドアを開けにいくと、たたいていたのは砂漠で迷子になった二人の男の子だった。寒さと空腹で泣いている。

「何か恵んでください」

プク氏は、子どもたちの鼻先でドアをバタンと閉めた。それでも二人はドアをたたき続ける。さすがのプク氏も子どもたちを哀れに思い、こう言った。「だったら、このドアを持っていくがいい」

子どもたちはドアを外した。なんといっても全部金貨でできているのだから、重かったが、どうにか家まで持って帰ることができた。これで、コーヒー牛乳と菓子パンが買えることだろう。

しばらくすると、また別の貧しい子どもが二人やってきたものだから、プク氏はもうひとつ別のドアをプレゼントすることにした。しだいに、プク氏の気前がよくなったという噂が広まり、砂漠や、そのまわりの集落など四方八方から貧しい人びとがやってくるようになった。誰も手ぶらでは帰ろうとしない。プク氏は、ある者には窓をプレゼントし、別の者には椅子（五十セント硬貨だけで造られていた）をプレゼントするといった調子で、一年も経つころには屋根と最上階がなくなっていた。

それでも貧しい人びとは世界の隅々からやってきて、長い列を作りつづける。

——世の中に貧しい人がこんなにもいるなんて、知らなかったよ——と、プク氏は心の中で思うのだった。

次の年も、またその次の年も、訪ねてくる貧しい人びとと一緒になって、プク氏は自分の屋敷を少しずつ壊していき、しまいには、さながらベドウィン族かキャンパーのようにテントで暮らすようになった。そして、自分はなんて身軽なのだろうと思うのだった。

結末　その3

偽札が一枚あるのを見つけた。いったいどうやって紛れ込んだのだろう。まさか……ほかにも偽札があるのではないだろうな。プク氏はムキになって書庫の本を一冊残らずぱらぱらとめくってみた。すると、十二枚ほどの偽札が見つかった。

「ひょっとすると、この屋敷のどこかに、偽の硬貨も紛れてるかもしれない。調べてみる必要がありそうだ」

先ほどもお話ししたとおり、プク氏はとても繊細な人だった。屋敷のどこかに偽の硬貨が……たとえば瓦のあいだとか、スツールの中とか、ドアや壁に埋め込まれて、偽の硬貨があるかと思うと、気になって眠ることもできない。

そこで、プク氏は屋敷をそっくり解体し、偽硬貨探しをはじめた。最初は屋根から壊しはじめ、最上階、その下の階……と、上から順番におりていき、偽の硬貨を見つけると、大声をあげるのだった。

「この硬貨なら覚えてるぞ。あの、なんとかかんとかというインチキ野郎が寄越した硬貨だ」

プク氏は、自分の貨幣を一枚いちまい認識することができた。お金にはいつでも細心の注意をはらってきたので、偽の硬貨は少ししかなかった。注意力がとぎれることは誰にだってある。

こうして屋敷は少しずつ壊され、とうとうそっくり解体されてしまった。砂漠の真ん中でプク氏は、銀や金、それにイタリア銀行の紙幣がうずたかく積まれた瓦礫《がれき》の山の上に座っていたのだ。もはや一から家を建て直す気力は残っていなかった。かといって、瓦礫の山から離れる気持ちにもなれない。プク氏は気分が晴れないまま、そこに座りつづけていた。お金の山のてっぺんにずっと座っているうちにだんだんと身体が縮んでいき、ふと気づくと彼自身も硬貨になっていた。それも偽の硬貨に。こうして、砂漠に積まれたお金を目当てにやってくる人がいても、偽の硬貨になったプク氏は、砂漠に放り捨てられてしまうのだった。

6

笛吹きと自動車

Il pifferaio e le automobili

昔あるところに、魔法の笛を吹く男がいた。古くから語られるお馴染みの物語で、町にあふれるネズミを魔法の笛の音でおびきだして川まで連れていき、そこでおぼれ死にさせた若者の話だ。ところが、市長が約束の報酬を払わなかったため、若者はもういちど笛を吹き、町の子どもたちを全員連れ去ってしまった。

この話も、笛吹きが主人公だ。みんなが知っている物語と同じかもしれないし、違うかもしれない。

このお話の町は、ネズミではなく自動車であふれかえっていた。道路にも歩道にも、広場にも門の下にも自動車があり、どこもかしこも自動車だらけ。箱のように小さな車、貨物船のように細長い車、トレーラーのついた車、キャンピングカー、乗用車、ダンプカー、大型トラック、軽トラック……。たくさんありすぎて、走るのもひと苦労。ぶつかってはフェンダーを壊したり、バンパーをへこませたり、マフラーをひきはがしたりしていた。あまりに増えすぎて、しまいには走るスペースもなくなり、どの車も駐車したまま動かせなくなった。人びとは歩いて出掛けなければならないが、道路がすべて自動車に占領されているせいで、容易ではなかった。自動車のまわりをぐるりとまわるか、乗り越えるか、下をくぐるしかない。町には、朝から晩まで人びとの悲鳴が響きわたった。

「いてっ！」

これは、ボンネットに頭をぶつけた歩行者の悲鳴だ。

「痛い！」

「いたたた……」

こちらは、トラックの下を這ってくぐり抜けようとしていてぶつかった二人の歩行者の悲鳴。

人びとは、怒りで頭がおかしくなりそうだった。

「もういい加減にしてよ！」

「なんとかしてくれ！」

「なんだって市長は解決策を考えださないんだ！」

そんな抗議の声を聞きながら、市長はぶつぶつとつぶやいた。

「私だって考えることは考えておる。昼も晩も考え、クリスマスの日だって一日じゅう考え続けた。それでも、何ひとついいアイディアが浮かばないんだ。どうしたらいいかわからない。何と言ったらいいかわからない。どんな手を打てばいいのか、さっぱりわからない。だからといって、私の頭が特別に固いわけではないのだぞ。その証拠に、ほら、あちこちぶつけて絆創膏《ばんそうこう》だらけだ」

そんなある日、市役所にいっぷう変わった若者がやってきた。羊の毛皮の上着を羽織り、革製の紐《チョーチャ》サンダルを履き、大きなリボンのついた三角帽をかぶっている。そう、ちょうどバグパイプ吹きのような格好をしていた。ただし、バグパイプを持っていないバグパイプ吹きだ。若者が市長に会いたいと言うと、警備員は冷たくあしらった。

「市長殿の邪魔をするな。市長殿は、セレナーデなぞ聴きたがっておられない」

「でも、ぼく、バグパイプなんて持ってませんよ」

「ますます困る。バグパイプも持ってないのなら、市長殿はおまえに会う理由がないではないか」

「ぼくは町から自動車を追い払う方法を知っていると、市長に伝えてください」

「何だと？　けしからん、さっさと帰れ。ここでそんな冗談を口にしてはならぬ」

「どうか市長に取り次いでください。絶対に後悔させないと約束します」

あまりにしつこく頼まれ、とうとう警備員はその若者を市長のところに案内せざるを得なくなった。

「よいお日和《ひより》で、市長殿」

「よい日和もなにも、自動車がなんとかならないかぎりよい日和など来るわけがない」

「この町を自動車から解放してみせましょう。ぼくがその方法を知っています」

「おまえがか？　それで、おまえはそれを誰から教わったんだね？　山羊かい？」

「誰から教わろうと、大した問題ではありません。試しにやらせてみたとしても、市長さんには損はないはずです。ぼくの願いを一つきいてくださったら、明日の朝までには市長さんの悩みごとを解決してみせます」

「それで、おまえの願いとはなんなのだね？」

「明日から、町の大広場《ピアッツァ・グランデ》で、いつでも子どもたちが遊べるようにしてほしいのです。メリーゴーランドやブランコ、滑り台をつくって、ゴムボールや凧《たこ》を置いてください」

「大広場だね？」

「そう、大広場です」

「ほかに望みは？」

「ありません」

「だったら握手だ。約束しよう。いつから仕事にかかる？」

「ただちに始めます。市長さん」

「よろしい、一分たりとも無駄にするな」

風変わりな若者は、一分どころか一秒たりとも無駄にすることなく、ポケットに手をつっこむと、桑の枝を彫って作った小さな牧笛《ぼくてき》を取りだした。そして、まだ市長室にいるうちから、不思議な曲を吹きはじめた。そのまま笛を吹きながら市庁舎を出て、広場を横切り、川に向かって歩きだしたのだ。

するとたちまち……。

「こいつは驚いた！　あの車を見てみろ。ひとりでにエンジンがかかったぞ！」

「こっちの車もよ！」

「おいおい、その車は俺のだぞ！　俺の車を盗むのは誰だ！　泥棒だ！　車泥棒だぁ！」

「いや、泥棒なんかじゃない。見ろよ。どの車もいっせいにエンジンがかかったぞ」

「走りだしたわよ。だんだんスピードがあがっていく……」

「いったいどこへ行くのかしら」

「あたしの車！　待って！　ストップ！　あたしの車を返して！」

「鼻の先にニンジンをぶら下げてみたらどうだろう……」

町のありとあらゆるところから車が動きだしたものだから、エンジン音やクラクション、ホーン、サイレン、排気音などが鳴り響き、これまで聞いたことのないような大音響となった。どの自動車も、ひとりでに走っていたのだ。

ただし、注意深く耳を澄ますと、そのバックに、大音響にも負けないくらい強くしっかりと、牧笛の鋭い音色が例のいかにも不思議なメロディーを奏《かな》でているのが聞こえるのだった。

●●● 結末　その1 ●●●

どの車もみな、川に向かって走っていく。

笛吹きは、一時《いっとき》も休まずに音楽を奏で続けながら、橋の上で待っていた。そして、一台目の車がやってくると――偶然にもそれは、ほかでもなく市長の車だった――、メロディーを少しだけ変えた。高い音符を一つ加えたのだ。その合図を待っていたかのように橋が崩れ、車はどぼんと川に落ち、流されていった。続いて二台目の車も、三台目の車も、町じゅうの車が次から次へと、二台ずつ、あるいは塊となって、エンジンやクラクションの断末魔を響かせながら川に落ちていき、流されていった。

こうして、車が一台もなくなった町の道路には、子どもたちが大喜びで飛び出してきた。ボールを蹴る子、人形を乗せた乳母車を押す女の子、三輪車や自転車を乗り回す子、その脇を微笑みながら散歩している乳母たち……。

ところが、町の人びとは髪の毛をかきむしり、消防署に電話をしたり、警官に文句を言ったりと大騒ぎ。

「あの頭のおかしな若者に、好き放題させておくつもりなのか？　何をしてるんだ、さっさと捕まえろ！　忌々しい笛の音をとめてくれ」

「あの男を、笛もろとも川に放り込め」

「市長の頭までおかしくなったのか！　われわれのすばらしい車をみんな台無しにす

るなんて！」

「いくらすると思ってるんだ！」

「バターだって高いのよ！」

「市長をひきずりおろせ！　市長なんかクビだ！」

「笛吹きをやっつけろ！」

「私の車を返して！」

　血気盛んな男たちは、笛吹きにつかみかかろうとした。だが、もう少しで笛吹きに触るというところで、手がぴたりと止まってしまった。空気中に、笛吹きを守る目には見えない壁のようなものがあって、男たちは、その壁を無闇に殴ったり蹴ったりしているだけだった。

　笛吹きは、最後の一台が川に落ちるのを見届け、自分も川に飛び込んだ。そして泳いで向こう岸に着くと、皆のほうに向かって深くお辞儀をし、くるりと向きを変えて森の奥へと姿を消してしまった。

結末　その2

どの車もみな、川に向かって走っていき、クラクションの断末魔を響かせると、一台、また一台と川に飛び込んでいった。いちばん最後に川に飛び込んだのは市長の車だった。そのころ、大広場は遊びまわる子どもたちでいっぱいだった。その楽しげな歓声は、自分たちの車が川に流されて遠くに消えていくのを見た人びとの悲痛なうめき声を掻き消したのだ。

笛吹きは、そのときようやく笛を吹くのをやめ、顔をあげた。そして、自分のほうに向かって恐ろしい顔をした人たちが列になって押し寄せるのを見た。群衆の先頭には、市長がいる。

「市長さん、これでご満足いただけましたか？」

「なんてことをしてくれたんだ。思い知らせてやる！　いいことをした気にでもなっているのか？　自動車一台にどれほどの労働と費用がかかると思ってるんだ！　こんな方法で町を解放するなんて！」

「そんな……ぼくはただ、市長さんの……」

「ぼくはもへったくれもあるか！　残りの人生を牢屋で過ごしたくなかったら、すぐにもう一度笛を吹き、川から車を引きあげるんだ。いいか、最初の一台から最後の一台まで、残らずもとに戻せ！」

「いいぞ！　さすが！　市長万歳！」

笛吹きは市長の命令に従った。どの車も魔法の笛の音に素直に従い、岸にあがってきた。そして、道路や広場を走って元あった位置に戻り、子どもたちも、ボールも、三輪車も、乳母たちも追い出してしまった。そう、すべてが元に戻ったのだ。それを見た笛吹きは胸いっぱいに悲しみを抱え、ゆっくりと町から遠ざかっていった。以来、彼の消息を聞いた者は一人もいない。

●●●結末　その3●●●

車という車が走りだした。どんどん走る……。ハーメルンのネズミのように、川を目指していたかって？　とんでもない！　どんどんと走っていくものだから、やがて町には一台も車がなくなった。大広場にも一台もないし、大通りも空っぽだし、通りも自由に歩けるし、あちこちの小さな広場からも車の姿はなくなった。いったいどこへ消えたのだろうか。

静かに耳を澄ませば聞こえるだろう。いまごろ車は地下を走っているのだ。あの一風変わった若者は、魔法の笛を吹きながら町の道路の下に地下の道路を掘り、町の広場の下には広場を掘った。車はどれも、そんな地下を走っていく。停車して持ち主を乗せたかと思うとまた走りだす。こうして、ようやく皆のスペースができた。自動車は地下を自由に走ることができ、地上では町の人びとが政治や、サッカーの選手権や、月の話をしながらのんびりと散歩したり、子どもたちが遊びまわったり、女の人たちが買い物に行ったりすることができる。

「私も愚かだなあ」市長は興奮気味に大声で言った。「こんなことも思いつかなかったなんて、私はとんだ愚か者だった！」

のちに、町には笛吹きの像が建てられた。それも一体ではない。大広場に一体と、地下に掘られたトンネルを疲れも知らずに走りまわる車のあいだに一体、建てられたということだ。

7

町に描いた円

Il giro della città

パオロはとても活発な少年で、いつもなにかしらおもしろいことや、役に立つことをせずにはいられなかった。空想力が豊かなおかげで、次から次へと新しい遊びや仕事や計画を思いつくことができ、退屈することはない。しかもなかなか粘り強く、いったん心を決めると、けっしてあとに引き返したり、途中で投げだしたりすることはなかった。その日、学校が休みだったので家でひとり留守番をしていたパオロは、大急ぎで宿題を終わらせ、自分が住んでいる町の大きな地図をテーブルの上にひろげた。そして、大通りや広場、路地や裏道がからみあっているようすを眺めていた。町の中心は道がごちゃごちゃと混みあい、住宅が途切れ田園がひろがる郊外では、まばらになっている。

パオロは何気なくコンパスを握り、線や空間が無秩序に入り乱れる地図の上に、正確な円を描いていた。それにしても、なんとおかしなことを思いついたのだろう……。とにかく試してみたくてたまらなかった。そう、心の中ではもう決めていたのだ。正確な円をたどって、町をぐるりと一周してみる。ふつう、道はしばらく進んでは勝手に曲がり、ジグザグになっている。ある方角に向かっていたかと思うと、いきなり別の方角に向かうのだ。環状道路と呼ばれる自動車道だって、いちおう「円」を描いてはいるが、コンパスを使って引いたものではない。パオロは、自分がコンパスで描いた線を正確にたどりながら、町をぐるりと一周してみたかった。すばらしいアイディアと同じぐらい完璧な円から、一歩も逸《そ》れずに歩いてみたかったのだ。

偶然にも、その円はパオロが家族と住んでいる家の前の道を通っていた。そこで彼は地図をポケットにしまい、もうひとつのポケットには、途中でお腹が減ってもいいようにパニーノを入れ、いざ出発……。

通りに出たパオロは、左まわりに進むことにした。コンパスの円はしばらく道に沿っていたが、やがて横断歩道もない場所で道を横切る。それでもパオロは計画をあきらめない。円周と同じ位置で道を渡ると、門に行きあたった。道は門の前をまっすぐ続いているのだが、円周は道から逸れ、門の裏側へ向かっている。どうやら、何軒か固まって建っている家々を突きぬけ、向こう側の広場へ抜けるつもりらしい。パオロは地図を見やると、迷わず門の中に入っていった。誰もいない。そのまま進んだら中庭に出た。中庭を横切ったところまではいいが、そこではたと立ちどまった。その先に階段があったのだ。パオロは、階段をのぼるのをためらった。のぼれば自然と最上階に出る。そのあと、屋根によじのぼって、屋根から屋根へと飛び移るわけにはいかない。鉛筆で書く線は屋根から屋根へとかんたんに移動していけるが、翼もなしに歩くのは並大抵のことではなかった。

幸い、階段につながるホールには窓があった。正直言って少し位置が高いし、幅も狭い。それでも、地図で確認したところ、その窓を通り抜ければ確実に円周どおりに進むことができそうだ。こうなったらよじのぼるしかない。

パオロが窓枠にしがみつき、どうにか身体を持ちあげようとしていると、背後からいきなり男の人の声が響いた。パオロは驚いた蜘蛛《くも》の子のように、壁にへばりついて動けなくなった。

「おい、そこの坊主、どこへ行くのかね？　何をしでかすつもりだ？　すぐにおりてこい」

「ぼくのこと？」

「もちろんだ。ちょっと訊くが、まさか泥棒ってわけじゃないだろうね……。いや、そんな顔ではなさそうだ。だったら、何をしてる？　体操でもしてるのか？」

「そうじゃないよ、おじさん。ぼくはただ、向こうの家の庭に行きたいだけなんだ」

「だったら、その門を出て、家のまわりをぐるっとまわって、隣の門から入るしかないね」

「ダメだ。そんなことできない……」

「そうか、何かとんでもなく悪いことをしたもんで、誰かに見つかってしまうのが怖いんだな」

「違うよ。悪いことなんてしてない」

パオロは、窓の下で自分のことを呼びとめた男の人をじっくり観察した。なんのかんのとうるさいことを言ってくるものの、優しそうな人だ。手に杖を持っているが、それで脅すわけでもなく、にっこりと笑みを浮かべ、その杖にもたれかかっているだけだ。パオロは、その人を信じることにして、自分の計画を打ち明けた。

「町をぐるりと一周ねえ」男の人は、パオロの言葉を繰り返した。「コンパスで描いた円をたどるのかい？　君はそんなことがしたいんだ……」

「そうだよ、おじさん」

「坊主、だけど、それは無理だよ。窓もなにもない壁に突き当たったら、どうするつもりだい？」

「乗り越える」

「その壁がすごく高くて、乗り越えられなかったら？」

「下に穴をほって、くぐり抜けるよ」

「目の前に川が流れてたら？　見てごらん、君が地図に描いた円は、いちばん幅がひろいところで川を渡ってるよ。そのあたりには橋もない」

「ぼく、泳げるもん」

「そりゃあ、そうだろう。君は、ちょっとやそっとのことじゃ、あきらめないタイプだね？」

「うん、そう」

「君の計画は、コンパスで描く円と同じように完璧なんだな。だったら、何を言っても仕方あるまい。やってごらん！」

「じゃあ、窓を通り抜けてもいいんだね？」

「おじさんが手を貸してあげよう。ほら、手で梯子《はしご》を作るから、ここに足を乗せてごらん。よいしょ……。向こう側に転げ落ちないように、気をつけるんだぞ」

「ありがとう、おじさん！　さようなら！」

こうしてパオロは、ふたたび自分の決めた道をまっすぐ突き進んでいった。いや、まっすぐではなくて、地図に引いた線からはみ出さないよう、少しカーブを描きながら……。

すると今度は、騎馬像の台座の部分に突き当たった。大理石の台座の上で、ブロンズの馬が今にも走りだしそうだ。その馬の背に英雄（誰だったか、パオロは名前を忘れてしまった……）がまたがり、左手で手綱を握り、右手で遠くを指差している。ちょうど、パオロの円の行く先を指差しているように見えた。さて、どうしたものか。馬の脚のあいだをくぐり抜ければいい？　それとも、英雄の頭をよじのぼる？　いや、単純に騎馬像をぐるりと回って向こう側へ行くことにしようか……？

結末　その1

パオロが、どうしたらその難問を解決できるだろうと考えていたとき、馬の背にまたがった英雄が、頭を少し動かしたような気がした。それほど大きな動きではない。パオロの顔が見える程度に頭を下げ、ウィンクしたのだ。

「ぼく、幻が見えるみたい……」びっくりしたパオロは、思わずそうつぶやいた。ところが、ブロンズの英雄はそれだけでは飽き足らない。こんどは、勇ましく目的地を指差していた手をおろし、パオロを招くような仕草をした。

「さあ、乗りたまえ」と、英雄像はいった。「この馬は二人乗っても問題ない」

「でも、ぼく……その……」

「なにをぐずぐずしている。このわたしが、完璧な円に沿って馬を走らせられないとでも思うのか？　幾何学の旅に連れていってあげよう。困難に遭ってもくじけずに、ここまでやり通した褒美《ほうび》だよ」

「ありがとうございます。でも……」

「まったく、頑固なやつだな。おまけに自尊心が強いときた。人の助けを借りるのが嫌なのかね？」

「そうじゃなくて……」

「だったら、無駄口をたたいてないで乗りたまえ。出発するぞ。おまえさんは、すばらしい計画を自分で考えだし、困難を恐れずに実行に移せる感心な子どもだ。さあ、急げ。そろそろ馬が目を覚ます。なんの魔法かわからんが、ちょうど今日は、一年に一度だけ、昔のように馬を自由に走らせることのできる日なんだ。乗るのか、乗らないのか？」

パオロは乗ることにした。英雄の手をつかみ、馬の鞍にまたがった。気がつくと、馬は早くも空を飛んでいて、街が眼下にひろがっていた。そして、街の上空に、コンパスで引いたのと同じ完璧な円の、金色《こんじき》に輝く道を描いたのだった。

結末　その2

パオロは、どうしたらその難問を解決できるだろうと考えながら、ブロンズ像が建っている広場の向こうに視線を移した。コンパスの円周は広場を横切り、巨大な円屋根《クーポラ》のある大きな教会へと、いともかんたんに入っていく。円周にはドアなんて必要ないのだ。ところが、パオロはそうはいかなかった。ちょうど円周の通る位置で、要塞のように頑丈な教会の壁をすり抜けて向こう側に行くのは至難の業《わざ》だ。円周から逸れないためには、クーポラをよじのぼらなければならない。口でいうのはかんたんだが、ロープもハーケンもないのだから、巧みに岩をよじのぼる腕の立つ勇敢な登山家だって無理に決まっている。あきらめが肝心だ。しょせん、ただの夢物語だったのだ。人生の道のりというものは、幾何学の図形のようにすっきりと正確でもなければ、理想的な線を描くものでもない。

パオロは、ブロンズ像の上で微動だにせず、けっしてたどり着くことのない目的地を指差している険しい顔つきの英雄像を、最後にもういちどあおぎ見た。そして、しょげた足取りで、のろのろと家へ帰っていったのだ。なんの法則にも従わず、好き勝手にジグザグと曲がるいつもの道を、無抵抗にたどりながら……。

●●● 結末　その3 ●●●

パオロがブロンズ像の下で考えをめぐらせていると、小さくて温かな手が自分の手に触れるのを感じた。

「おうちに帰りたいの」

不安そうに震える声の主《ぬし》は、三歳ぐらいの男の子だった。その子は、信頼と恐怖、希望と戸惑いの入り混じった表情で、パオロをじっと見つめた。いまにも泣きだしそうな目だ。

「おうちはどこ？」

男の子は、地平線のほうを漠然と指差した。

「ママに会いたい」

「ママはどこ？」

「あっち」

〝あっち〟という言葉もまた、漠然とした方角しか指していなかった。はっきりしているのは、その子が町の中で迷子になり、家に帰る道がわからなくなってしまったということだけ。小さな手は、しっかりとパオロの手を握り、放そうとしない。

「ママのところに連れてって」

パオロは、もっと大事な用があるから連れていかれないんだ、と答えようとした。でも、そんな小さな子どもが自分に寄せてくれる信頼を、裏切ることはできない。こうなったら、円周もコンパスも、町を一周も、おあずけだ。別の機会に、また挑戦すればいい。

「おいで」と、パオロは言った。「ママを探しにいこう」

8

ミラノの町に降った帽子

Quando piovvero cappelli a Milano

ある朝、ミラノで、会計士のビアンキーニ氏が会社の用事で銀行へ向かっていた。その日はとてもよい天気で、ひと筋の霧もなく、空までしっかり見わたせた。しかも空には、十一月にしてはめずらしく太陽まで輝いているのだった。ビアンキーニ会計士は、なんだかとても嬉しくなり、速足で歩きながら、いつのまにか歌を口ずさんでいた。

「今日はとってもいい天気、ほんとにとってもいい天気、なんでこんなにいい天気、ああ、最高に気持ちいい〜」

ところが、次の瞬間には歌なんてすっ飛んでしまい、ぽかんと口を開けたまま突っ立って、空を見あげていた。いきなり立ちどまったものだから、後ろから来た通行人にぶつかられ、こっぴどく叱られた。

「そこのキミ、雲の観察でもしながら歩いてるのかね？　歩くときぐらいきちんとまわりに注意したらどうだい？」

「いや、私は歩いてなんかいません。立ちどまってるんです……。ちょっと見てください」

「なにを見ろと？　私にはムダにする時間なんてない。どこを見ろと言うんだ？　えっ？　おい！　おや？　なんてこった！」

「ね、言ったとおりでしょう。どう思います？」

「あれは、たしかに……帽子だが……」

なんと、青い空から帽子の雨が降ってくるのだ。しかもひとつではない。ひとつだったら、風に飛ばされてあちこちさまよっている帽子とも考えられる。といって、二つでもない。二つだったら、出窓から落ちてきた帽子とも考えられる。そうではなくて、百個、千個、一万個という数の帽子が、ゆらゆら揺れながら空から降ってくる。紳士用の帽子、婦人用の帽子、羽根飾りのついた帽子、花のついた帽子、騎手用の帽子、つばのついた帽子、毛皮のコサック帽、ベレー帽、バスク帽、スキー帽……。

ビアンキーニ会計士とぶつかった男性だけでなく、おおぜいの人びとが歩みをとめ、空を見あげた。パン屋の店員も、マンゾーニ通りとモンテナポレオーネ通りの交差点で交通整理をしていたお巡りさんも、十八番バスの運転手も、十六番バスの運転手も、一番バスの運転手も……。運転手がバスから降りて空を見あげると、乗客たちも降りてきて、みんな思い思いのことをつぶやいていた。

「こいつはすごいぞ！」

「見たことのない現象だ！」

「行ってみましょう。きっと、パネットーネのコマーシャルだわ」

「パネットーネと帽子と、どんな関係があるんだよ」

「だったら、トッローネ「クリスマスに食べるヌガー菓子」のコマーシャルね」

「こんどはトッローネかい。あんたは口に入れられる物しか連想できないのか。帽子は、食べ物じゃないんだぞ」

「だけど、あれは本当に帽子なのかい？」

「違うわ、よく見て。あれは自転車のベルよ！　ほら、あなたも見てちょうだい」

「いや、やっぱり帽子に見えるぞ。それにしても、頭にかぶる帽子なのかなあ」

「どういうこと？　あなたはどこに帽子をかぶるわけ？　鼻の上？」

とはいえ、議論はほどなく静かになった。帽子が地面に到達し、歩道や車道、自動車の屋根などに積もりだしたからだ。なかにはバスの窓から入ってくる帽子や、店にまっすぐ飛んでいく帽子もあった。人びとは帽子を拾い集め、かぶってみる。

「この帽子は、ふさが大きすぎる」

「ビアンキーニ会計士、この帽子をかぶってみたらどうだね？」

「それは女物ですよ」

「だったら、奥さんのプレゼントにすればいいじゃないか」

「カーニバルのときにかぶればいいんですよ」

「何を言ってるんですか。女物の帽子をかぶって銀行になんか行かれません」

「それ、私にください。うちのお祖母《ばあ》ちゃんにぴったりなの」

「あたしの義理の弟のお姉さんにぴったりだわ」

「これは私が先に見つけたの」

「いいえ、あたしよ」

なかには、家族全員に一つずつと、帽子を三つか四つ抱えて走って帰る人もいた。修道女も慌ててやってきて、身寄りのない子どもたちのために帽子をかき集めた。

人びとがどんなに帽子を拾っても、空からはひっきりなしに降ってくる。公共のスペースを覆いつくし、バルコニーも帽子であふれかえった。大きな帽子、小さな帽子、ベレー帽、山高帽、シルクハット、麦わら帽子、大きなカウボーイハット、とんがり帽子、三角帽子、リボンのついた帽子、リボンのない帽子……。

ビアンキーニ会計士は、すでに十七個もの帽子を拾い集めたにもかかわらず、立ち去る気にはなれなかった。

「帽子の雨なんて、毎日降ってくるもんじゃありませんよ。チャンスをできるだけ利用して、一生困らないだけの帽子を集めておかないと。どのみち、私ぐらいの年になれば、これ以上頭が大きくなることもないのですから……」

「なるとしたら、小さくなるでしょうね」

「小さくなるとはどういうことです？　何を言いたいのですか！　私の脳が萎縮するとでも？」

「まあまあ、そう怒りなさんな、会計士どの。それより、このステキな作業帽を持っていったらどうです？」

そのあいだにも、帽子はどんどん降りつづけた。一つは、こともあろうに巡査の頭の上に降ってきた（帽子がところかまわず降ってきたので、もはや巡査は交通整理どころではなかった）。それがちょうど将軍のかぶる帽子だったので、これは幸先《さいさき》がいいぞ、巡査ももうすぐ昇進だろうと冷やかされた。

　さて、それから……

●●●結末　その1●●●

　何時間かたったころ、フランクフルトの空港に、アリタリア航空のジャンボジェット機が着陸した。じつはこのジャンボ機、国際帽子見本市という特別なイベントに展示するため、ありとあらゆる種類の帽子を積みながら、世界を一周しおえたところだった。

　この貴重な積荷を受けとるべく、市長が空港で飛行機を出迎え、市民によるブラスバンドが、ヨハン・セバスティアン・ルードヴィッヒ・ベヒライン作曲の賛歌「おお、優秀なる頭の守護者、帽子よ！」を演奏した。ところが、ジャンボジェット機で運ばれた帽子のうち、無事にドイツに到着したのは、機長とほかの乗務員たちの帽子だけだということが明らかになり、賛歌の演奏は当然ながら中断された。

　こうして、ロンバルディア州の州都ミラノで帽子の雨が降った理由は明らかになったものの、帽子の国際見本市は無期限で延期するしかなかった。なんと、ミラノの上空で見本市のビラをまくように命じられたパイロットが、誤って帽子をまいてしまったのだった。このパイロット、ミスを厳しくとがめられ、罰として六か月間、無帽での操縦を命じられたということだ。

●●● 結末　その2 ●●●

その日は帽子が降り続いた。

次の日には、傘が降った。

その次の日は、箱入りのチョコレート。さらに次の日には冷蔵庫、そして洗濯機、レコードプレーヤー、固形スープの素《もと》百個入りパック、ネクタイ、クレヨン、詰め物をした七面鳥が日替わりで降ってきた。ついには、ありとあらゆる種類のプレゼントがぶらさがったクリスマスツリーまで降ってきた。

町は、こんな豊かな品々で文字通り埋まってしまい、家々からもあふれ返っていた。いちばんショックを受けたのは、クリスマス前後の何週間かで大儲けをしようと張りきっていた、商店の主人たちだった。

●●●結末　その3●●●

その日は、夕方の四時まで帽子が降り続いた。四時の時点で、ドゥオーモ広場には大聖堂《ドゥオーモ》を超える高さにまで帽子が積もっていた。アーケードの入り口には、麦わら帽子が壁のように積みあがっていて、通り抜けできない。その後、四時一分に、ものすごい風が吹きだした。どの帽子も道路を転がり、スピードがどんどん増していく。しまいには浮きあがり、路面電車の架線にぶつかりながら飛びはじめた。

「飛んでいくぞ！　行ってしまうぞ！」それを見た人びとが叫んだ。

「どうしてだい？」

「こんどは、ローマに向かうんじゃないのかしら」

「なぜわかる。帽子たちがそう言ったのか？」

「ローマなんかじゃないわよ。見て。コモの方向に飛んでいくわ」

帽子は屋根の上まであがり、巨大なツバメの群れのように飛んでいった。その後、コモにもブスト・アルシッツィオにも大量の帽子が降ることはなく、どこへ行ってしまったのかは誰も知らない。ミラノの帽子職人はみな、安堵のため息をついた。彼らにとって、その日の出来事はまさしく悪夢だったのだ。

9

プレゼーピオに紛れこんだ余所者《よそもの》

Allarme nel presepio

クリスマスの近づいたある日、一人の男の子がプレゼーピオ［キリスト降誕の情景を人形などで表現したもの。クリスマスに飾られる］を作った。紙粘土の山、砂糖を包む青いセロファンの空、ガラスの湖、牛小屋や、その上に輝く星々まで作った。そして、前の年、箱の中に大切にしまっておいた小さな人形を取り出し、想像をふくらませながら並べていった。羊飼いたちと羊の群れは苔の上、東方の三博士は山の上、栗を焼くおばあさんは小道の脇という具合に、それぞれの人形にふさわしい場所にすべて並べてみたが、なんだか物足りないような気がする。何も置かれていない場所がたくさんありすぎるのだ。さて、どうしたものか。もう遅い時間で、ほかの人形を買いに出掛けるわけにもいかない。どちらにしろ、男の子はお小遣いもあまり持っていなかった。

なにかよいアイディアはないものかと辺りを見まわすと、別の段ボール箱が見つかった。中では、〝引退〟した古い玩具たちが眠っている。たとえば、プラスチック製のインディアンの人形。アパッチ砦の攻防で壊滅した一族の最後の生き残りだ。それと、操縦桿のない小さな飛行機。操縦室にはパイロットが座っている。肩からギターをさげた、ヒッピー風の女の子の人形もある。洗剤の箱についていたおまけで、たまたまこの家にやってきた。もちろん、彼は一度もその人形で遊んだことがなかった。男の子は人形遊びなんてしないものだ。でも、こうしてじっくり見てみると、なかなかかわいらしかった。

そこで、男の子はそれをプレゼーピオの小道に置いてみた。栗を焼くおばあさんの隣だ。それから、戦闘用斧《トマホーク》を持ったインディアンの人形も箱から出し、羊の群れの後ろに置いた。最後尾を歩く羊の尻尾のあたりだ。さらに、パイロットを乗せた飛行機を、かつてクリスマスツリーとして使っていた、そこそこ背の高いプラスチック製の木――デパートで売っているようなやつだ――に糸で吊りさげた。そして、その木ごと、山の上の東方の三博士とラクダのそばに置いた。それが済むと、満足そうに自分の作品をしばらく眺めてから、ベッドに入り、あっという間に眠ってしまった。

男の子が寝入ると、代わりにプレゼーピオの人形たちが目覚めた。最初に目をひらいたのは、一人の羊飼いだった。彼は、いつもと違う新参者がプレゼーピオの中にいることに、すぐ気づいた。しかも、その変化はあまり彼の気に入るものではなかった。というより、まったく気に入らなかったと言ったほうがいい。

「斧を手に、わしの羊の群れを追いかけてるのは、いったい何者だ？　誰なんだ？　何の用だね？　さっさと失せないと、犬たちに咬みつかせるぞ」

「ハウ」返事の代わりに、インディアンはそう挨拶した。

「いまなんて言った？　もっとはっきり喋れ。いや、それより黙ってその面《つら》をひっこめてくれ」

「わたしはここにいる」と、インディアンは言った。「ハウ！」

「なんで斧なんか持ってる？　それで何をするつもりだ。言ってみろ。わしの羊たちを撫でるのか？」

「斧は木を切るためにある。寒い夜、たき火が欲しい」

そこへ、栗焼きのおばあさんも目を覚まし、肩からギターをさげている女の子をまじまじと見た。

「そこの娘さん。ずいぶん風変わりなバグパイプをお持ちだね」

「これはバグパイプじゃないわ。ギターです」

「あたしの目が節穴だとでも思ってるのかい？　それがギターだってことくらい、わかってるさ。ここじゃあ、バグパイプと笛しか使えないことを知らないの？」

「お言葉ですけど、このギター、とてもいい音がするのよ。聞かせてあげるわ」

「冗談じゃない、おやめ。気は確かかい？　まったく、なんてこと。今どきの若者ときたら……。悪いことは言わないから、さっさとどこかへ消えておしまい。でないと、おまえさんの顔に焼き栗を投げつけるよ。しっかり焼いてあるから、ものすごく熱いんだ」

「焼き栗っておいしいのよね」と、女の子は言った。

「あたしをからかうつもり？　焼き栗が欲しいんだね？　つまり、おまえさんは恥知らずのうえに、盗《ぬす》っ人《と》ってわけかい。だったら思い知らせてやるよ。泥棒！　泥棒女！」

ところが、おばあさんの叫び声は誰の耳にも届かなかった。というのも、ちょうどその瞬間、目を覚ましたパイロットが飛行機のエンジンを吹かしたからだ。パイロットは、みんなに手を振って挨拶しながら、プレゼーピオの上空をぐるりぐるりと二周したあげく、インディアンのそばに着陸した。恐ろしい形相《ぎょうそう》をした羊飼いたちが、まわりを取り囲む。

「何をするんだ。羊たちが驚くじゃないか」

「爆弾を落としてプレゼーピオを破壊する気かい？」

「ぼくは爆弾なんて持ってません」パイロットは答えた。「この飛行機は観光用です。みなさんも遊覧飛行を楽しみませんか？」

「遊覧なんて、そっちで勝手にしてろ。大きく旋回して、二度とこの上空には姿を見せるな」

「そうだよ、そうしておくれ」と、おばあさんも金切り声をあげた。「ついでにこの娘《こ》もどこかへ連れてってておしまい。あたしの栗を盗むつもりなんだ」

「おばあさん」と、女の子は抗議した。「出まかせを言うのはやめて。焼き栗を買えと言われれば、お金ぐらい払うわよ」

「この娘を追いはらってちょうだい。忌々しいギターも一緒にね！」

「おまえも出ていけ！　この赤い面！」先ほどの羊飼いがふたたびどなりだした。「とっとと草原地帯《プレーリー》に戻るがいい。わしらの村に掠奪者《りゃくだつ》を入れてたまるか」

「掠奪者もギターもお断りだよ」おばあさんが言い足した。

「ギターはすばらしい楽器である」と、インディアンがつぶやいた。

「聞いたでしょ？　その通りよ！」

「おばあさん、なにもそんなふうに金切り声をあげる必要はないでしょう」パイロットも黙ってはいない。「それより、お嬢さんにステキな曲を聞かせてもらおうじゃありませんか。音楽は、みんなの心に平和をもたらします」

「つべこべ言うな」と、羊飼いの長老が言った。「三人とも口で言っても出ていかないなら、恐ろしい音楽を聞くことになるぞ」

「わたしはここにいる。さっきも言った」

「わたしもここにいるわ」と、女の子も言った。「座れる雄牛《シッティング・ブル》といっしょにね。わたしもそう言ったもの」

「ぼくだって、わざわざ遠くから来たんです。すぐにここから出ていくつもりはありません」パイロットも同意見だった。「ねえ、きみ、ギターを弾いてみてよ。その音色でみんなの心をなだめることはできないかなあ……」

彼女は、もう一度うながされるまでもなく、ギターをつま弾きはじめた……。

●●● 結末　その1 ●●●

最初のコードを奏でたところで、羊飼いたちは棍棒を振りあげ、犬に向かって口笛を吹いた。

「ここから出ていけ！　今すぐにだ！」

「フィード！　あいつらを捕まえろ！　ルーポ！　咬みついてやれ！」

「全員かかれ！　奴らの世界に追いかえしてやるんだ」

「それより、あの世に送っちまえばいい！」

インディアンは一歩も引かずに、戦闘用の斧を振りまわした。

「わたしは戦いの準備ができている、ハウ！」

ところが、パイロットの考えは違っていた。

「落ち着いてください。ここで血を流すこともないでしょう。さあ、お嬢さん、飛行機に乗って。シッティング・ブル、あなたもです。ひとまず退散しましょう。エンジンはかかっています。二人とも、いいですか？　出発！」

轟音とともに、小さな飛行機はプレゼーピオから離陸し、ふらふらと部屋の中を飛びはじめた。

「どこへ行くの？」風で飛ばされてはたいへんと、ギターをぎゅっと胸に抱えた女の子がたずねた。

「とっても居心地のよかった段ボール箱があるはずなんです」

「その箱なら、わたしも知ってるわ」

「わたしも知っている、ハウ！」

「では、段ボール箱を目指して、ゴウ！」

「ああ、あった！　よかった。まだ蓋が開いてます。あんな世間知らずの人たちは放っておいて、ぼくらだけでパーティーをしましょう」

「ハウ！」と、インディアンも相槌を打ったが、心の底から満足しているわけではなさそうだった。

●●●結末　その2●●●

最初のコードを奏でたところで、羊飼いたちが脅すように棍棒を振りまわした。

「いいわ、わかった」女の子はため息をついた。「ギターは嫌いなのね。だったら、折ってしまいましょう。その代わり、犬を呼び戻してちょうだい。でないと、ズボンがずたずたになっちゃうわ」

「物分かりのいい娘だね。それでいいんだ」栗焼きのおばあさんは、女の子をほめた。「こっちにおいで。ご褒美に栗を少しあげよう」

「それより、小麦粉はないかしら」と、女の子は言った。「シッティング・ブルの顔に小麦粉を塗って白くすれば、羊飼いさんたちも、いちいち彼に腹を立てなくなると思うの」

「そいつはいい考えだ。だが、赤ら顔の彼も、それでかまわないのか？」

「ハウ！」インディアンは頷《うなず》き、おとなしく塗られるままになっていた。

「それで、飛行機はどうするんだい？」と、羊飼いが訊ねた。

「どうしたらいいでしょうか」パイロットは考え込んだ。「そうだ、燃やしてしまいましょう。そうすれば、身体も温まる」

「それまたいい考えだ。夜は冷えるし」

そうして焚き火を囲んでいるうちに、ようやく、昔ながらのプレゼーピオに平穏が訪れた。焚き火のまわりでは、羊飼いたちが笛を吹きながら、タランテッラを踊るのだった。

結末　その3

　最初のコードを奏でたところで、羊飼いたちは三人の新参者に飛びかかろうとした。ところが、その瞬間、威厳のある重々しい声が響き、三人は動きをとめた。

「いさかいはよしなさい。この地に平和を」

「誰の声だ？」

「ごらん。東方の三博士の一人が、キャラバンから離れてこっちに来る。陛下、ありがたき光栄です」

「我が名はカスパール。〝陛下〟ではない。〝陛下〟は名前とはいえない」

「こんにちは、カスパールさん」ギターを持った女の子が挨拶した。

「こんにちは、お嬢さん。あなたの音楽を聞かせてもらったよ。といっても、騒々しくてあまりよく聞こえなかったがね。すばらしい音楽はほかにもたくさんあるが、あなたの音楽もなかなか捨てたものではなかった」

「ありがとうございます、カスパールさん」

「ハウ！」インディアンも挨拶する。

「こちらこそ、ご機嫌よう。シッティング・ブルどの。いや、黒鷹《ブラックイーグル》どのかな。雷雲《サンダークラウド》？　はて、どのような名前で呼んだものか……。こんにちは、パイロット君。こんにちは、羊飼いの皆さん、栗焼きのおばあさん。あなたの栗のよい香りが向こうまで漂ってきていた」

「この娘ったら、あたしの栗をくすねる気だったんですよ」

「そう文句を言うでない。おそらく思い込みだろう。この娘は泥棒をするようには見えないが……」

「では、そこの斧を持った男は？」羊飼いたちは、思わず声を大きくした。「あんな赤ら顔で、のこのことプレゼーピオに入ってくるなんて……」

「どうしてここまでやってきたのか、訊ねてみたかね？」

「そんなこと、いちいち訊くまでもありませんよ。殺戮《さつりく》が目的に決まってます」

「わたしはメッセージを聞いてここに来た。心善き者に平和あれ」と、インディアンが言った。「わたしは心善き者だ」

「聞いたかね?」カスパールが言った。「メッセージはみんなに向けられたものだ。白人もインディアンも、徒歩で行く者も飛行機で行く者も、バグパイプを吹く者もギターを弾く者も。自分とは異なるという理由で他人を憎むのなら、このメッセージを少しも理解してないことになるぞ」

カスパールの言葉の後に、長い沈黙が続いた。やがて、おばあさんがささやいた。

「娘さん。焼き栗は好きかい?　さあ、お食べ。いいかい、売るんじゃないよ。プレゼントするんだ。パイロットさん、あんたも食べるかい?　それと……フライング・ブルさんだったっけ?　すまないね、なんという名前かよくわからなかったもので……。あんたは栗が好きかい?」

「ハウ」と、インディアンは答えた。

10

ドクター・テリビリス

Il dottor Terribilis

テリビリス博士と助手のファムルスは、ずいぶん前から、秘密裡に恐ろしい発明に取り組んでいた。テリビリス博士は、その名前がじゅうぶん語っているとおり、極悪非道の科学者で、たしかに優秀ではあったが、それと同じくらい心が歪んでおり、自身の桁外れの知識を、文字通り身の毛もよだつ《テッリービレ》計画のために捧げたのだ。

「よいか、わたしの下僕《ファムルス》よ。完成間近となった原子力スーパークリックは、今世紀最大の驚愕の発明となることだろう」

「間違いありません、博士どの。あなたがスーパークリックを使ってピサの斜塔を持ちあげ、モンブランのてっぺんに移動させてみせたら、わが同胞たちはさぞや驚くことでしょう」

「ピサの斜塔だと？」テリビリス博士は唸り声をあげた。「モンブランだと？ おい、ファムルス、そんな子どもじみた考えがどこから出てきたんだね？」

「お言葉ですが、博士どの、いっしょに設計をした時に……」

「いっしょに設計しただって？　わが敬愛なるファムルス君、いっしょにしたのかね？　それで、君は何を設計した？　君はこれまでにいったい何を発明したというんだ？　チョコレートの包み紙？　持ち手のない傘？　温かい水？」

「失礼いたしました。訂正します、テリビリス博士」ファムルスは、身をすぼめて息をついた。「あなたが……あなたがお一人でスーパークリックを発明されていたときに、ピサの斜塔やアルプスの最高峰について話されるのを耳にした気がしたもので……」

「そのことなら、わたしだって憶えている。だが、それはたんに用心のためにそう言ったにすぎないのだよ。いいかね、申し分なく優秀なファムルス君。君は出掛ける先々で、パン屋の見習いだろうと、牛乳屋の配達係だろうと、マンションの管理人だろうと、管理人の従兄の義理の妹だろうと誰彼かまわずお喋りをはじめるだろう」

「知りませんよ！　ほんとうです。博士どの。わたしは管理人の従兄の義理の妹なんて、まったく知りませんし、今後も知り合いになろうとはしないことを誓います」

「わかった、わかった。では、われわれの会話からも除外することにしよう。とにかく、わたしが説明したかったことはだね、愛すべき愚か者のファムルス君。わたしは君を信用していなかったから、誰にも知られずに進めなければならない真の計画を隠しておくために、ピサの斜塔の話をしておいたのだよ」

「いつまで隠しておくのですか?」

「昨日までだ。知りたがり屋のファムルス君。だが、今日からは、もう君にも知る権利があるだろう。あと二、三時間もすれば機械は完成し、われわれは今晩にでも出発できる」

「テリビリス博士、出発とおっしゃいますと?」

「もちろん、われわれの原子力スーパークリックに乗って行くのだよ」

「失礼ですが、どちらの方向に向かうのですか?」

「宇宙に向かってだよ、わが助手ファムルス君。まったく、君の会話は疑問符だらけだね」

「宇宙ですって!」

「より具体的に言うならば、月に向かうんだ」

「月!」

「どうやら、疑問符には飽きて、感嘆符に乗り換えたようだね。さあ、ぐずぐずしてる時間はない。わたしの計画を話そう。わたしの発明品、スーパークリックで月を持ちあげ、軌道から外し、このわたしが選ぶ宇宙の別の地点に移動させるのだ」

「とてつもない計画ですね！」

「そして、いいかね、ファムルス君。宇宙のその場所から、地球人と交渉するのだよ」

「さすが！」

「おまえたちの月を返して欲しいか？　ならば、それと同じ重さの金《きん》で支払ってもらおう。月の新しい所有者、ドクター・テッリービレ・テリビリス博士から買い取っていただく」

「すごい！」

「月と同じ重さの金だよ。わかるかい？　ファムルス君。金だ」

「超すばらしすぎます！」

「これで、わたしの計画を理解してくれたかね？」

「理解しましたとも、博士。二十世紀でもっとも天才的なアイディアです」

「それだけでなく、もっとも邪《よこしま》なアイディアであることを祈るよ。すべての時代を通じて、もっとも極悪非道の男として歴史に名を残すことに決めたんだ。では、ファムルス君。そろそろ仕事にかかるとするか」

数時間後には最後の調整も完了し、原子力スーパークリックはいつでも始動できる状態になった。この異様な装置は、車のタイヤがパンクした時、車体を持ちあげるのに使うあの道具に似ていた。それを若干大きくした感じだ。ただし、宇宙船の船室のようなものと連結していて、その中に二人分の座席がある。発明者とその助手がそこに座り、テリビリス博士が邪悪な計画の開始を決定するのを待つのだ。ところが、正直なところ助手は、全身が奇妙に震えるのをどうしても抑えきれなかった。

「とまれ、ファムルス！」

「は……はい、は……は……博士ど……どの」

「どもるな！」

「ど……どもってません。は……博士どの」

「この薬を飲めば、すぐに落ち着く」

「ありがとうございます、テリビリス博士。ようやく落ち着きました」

「たいへんけっこう。では、ファムルス、カウントダウンを頼む」

「マイナス五、マイナス六、マイナス七……」

「カウントダウンだよ、ファムルス、逆から数を数えるんだ」

「そうでした。すみません。五、四、三、二……」

「出発！」

結末　その1

その晩、月が姿を見せることはなかった。最初、人びとはどこか雲の陰に隠れているのだろうと考えた。しかし、空は澄みわたり、満天の星だ。月は存在しないことによって、その輝きをいっそう増していた。

天文学者たちの注意深い観察のおかげで、ようやく行方不明の月が見つかった。蠍《さそり》座の方角にあり、遠く離れているためにとても小さく見えていたのだ。

「見ろ、あんなところに隠れているぞ！　どうやってあそこまで移動したんだろう」

その瞬間、地球上のラジオというラジオから、テリビリス博士の声が響きわたった。

「みなの者、よく聞くがいい。わが名はテリビリス。テリビリスから地球へのメッセージを伝える。見ればおわかりのように、わたしは月をいただいた。返してほしければ、月とおなじ重さの金《きん》で支払うこと。天文学者は月の重さをグラム単位までわかっているはずだ。返答の期限はいまから二十四時間以内。こちらの条件をのまなければ、月を爆破する。地球からその姿を見ることは二度とできなくなるだろう。よいか、二度とふたたび月を見ることはないのだぞ。みなの者、よく聞くがいい。わが名はテリビリス……」

極悪非道の科学者テリビリス博士は、自分のメッセージを確実に伝えるため、さらに二回もおなじフレーズを繰り返した。彼ほどの才能に恵まれた科学者にとっては、地球全体のラジオ放送網に同時に割り込むことなど、朝飯前のことだったのだ。

ただし計算外だったのは、地球では誰も、月がなくなったのを気にかけていないことだった。というのも、アメリカ合衆国や、ソビエト連邦、イタリア、フランス、中国、日本、そのほか多くの大国が、すぐさまこぞっていくつもの人工月を宇宙に打ちあげたのだ。いずれも勝るとも劣らない輝きぶりだ。むしろ明るすぎて、人びとからは眠れないという苦情まで来るほどだった。

テリビリス博士は古い月を持てあまし、悔しさのあまり爪を噛むしかなかった。

●●●結末　その2●●●

月が姿を消したことは、北極から南極まで地球の至るところで、驚きと不安を呼んだ。

「月がなくなってしまった今、どうすれば月光を眺められるんだろう」夢見る者たちは、そう考えた。

「電気代を節約するため、ベッドに入るまでは月明かりを頼りに生活していたのに、これからは電灯をつけなければならないのか？」節約家は、困り果てた。

「われわれの月を返せ！」新聞は声高に書きたてる。

ペテン師は家々をまわり、月を買い戻すのに必要な金《きん》を集めるための特別委員会より任命を受けてやってきたと言って歩いた。そして、おおぜいのお人よしたちから、指輪やイヤリング、ネックレスや金鎖をだまし取ることに成功した。数十グラムの金を集めたところで、ペテン師はベネズエラに逃げ、そのまま消息を絶ったのだ。

月の愛好家たちをはじめとする人類にとって幸いなことに、ちょうどその当時、オメーニャにあるオルタ湖近くに、テリビリス博士に負けず劣らず優秀で、テリビリス博士ほど邪悪ではない、マニェティクスという名の科学者が住んでいた。この科学者、誰にも何も言わずに、わずか数時間で原子力スーパー磁石を一台完成させ、それを使って月を引き寄せ、地球からほどよい距離にある元の軌道に戻したのだった。焦ったテリビリス博士が、自慢のスーパークリックの恐ろしい機能を総動員したが、むなしく終わってしまった。マニェティクスの磁力には太刀打ちできなかったのだ。あまりの悔しさに、テリビリス博士は木星に移住してしまった。

まったくお金もかけず、しかも戦わずして月を奪回したのが誰なのか、どのような方法が用いられたのか、地球人が知ることはなかった。名声などこれっぽっちも求めていなかったマニェティクスも、敢えて名乗り出ることはなかった。当の本人は、すでに別の重大な発明にとりかかっていて、それどころではなかったからだ。その重大な発明というのは、絶対に取れないボタンだ。

のちに、この発明のおかげで彼が歴史に名を残したことは、広く知られているとおりである。

●●●結末　その3●●●

テリビリス博士の「出発！」の合図とともに、ビューンという鋭い音が響きわたった。近所の人たちは、サイレンの音だと思った。しばらく後、発明家とその助手は、月の近くまで到達していた。そして、月の小さなクレーターにスーパークリックを固定し、動かしはじめた。

「みごとですね、博士どの」ファムルスは、揉み手をして大喜びだった。「超天才的です」

「静かにしてろ！」テリビリス博士は、苛立った口調で怒鳴りつけた。

「静かにしてろ！」ファムルスがそれ以上なにも言わなかったにもかかわらず、ふたたびテリビリス博士のどなり声が響いた。

三度目にテリビリス博士が「静かにしてろ！」とどなったとき、何かうまく行ってないことがあるらしいと、ファムルスにもようやくわかった。スーパークリックは、その極悪非道の機能を惜しみなく発揮したにもかかわらず、月はいつもの軌道から一ミリたりとも移動しなかったのだ。

というのも、テリビリス博士はありとあらゆる分野に精通し、才能にあふれているいっぽうで、十進法を基本とするメートル法にしたがって重さや長さを換算するのが苦手だった。なんと、月の重さを測定するさい、キンタル［重さの単位。一キンタルは一〇〇キログラム］をトンに換算するのにゼロを一つ間違えて計算してしまったらしかった。そのため、スーパークリックは、我らが月の十分の一の重さと大きさの月でなければ動かせない設計になっていたのだ。テリビリス博士は悔しさのあまり呻《うめ》き声をあげ、ふたたびスーパークリックに乗り込むと、宇宙の彼方へ消えていった。

月では、後にひとり残されたファムルスが、クレーターの縁にたたずんでいた。かわいそうに、コップ一杯の水もなければ、恐怖心をやわらげる飴玉一つ持っていなかったということだ。

11

夜の声

Voci di notte

何枚ものマットレスを重ねたいちばん下のマットレスの裏に、たったひと粒のエンドウ豆があるせいで眠ることのできなかったお姫様の昔話を知っている人ならば、この老紳士の話もきっとよくわかることだろう。彼はとても人がよく、その辺にいる老紳士よりもはるかにお人よしだった。

ある晩、すでにベッドに入っていた老紳士が灯りを消そうとすると、泣いているような声が聞こえた。

「はてな……」と彼はつぶやいた。「声が聞こえるようだが……。この家に誰かいるのかね？」

老紳士は立ちあがってガウンを羽織ると、灯りという灯りをつけながら、独りきりで暮らしている小さなマンションをぐるりとまわってみた。

「いや、誰もいない。隣の家から聞こえてくるんだろう」

老紳士はベッドに戻ったが、しばらくするとまた、例の泣いているような声が聞こえてくる。

「どうやら通りから聞こえてくるようだ。間違いない。通りで誰か泣いている人がいるらしい。様子を見に行かないと……」

老紳士はふたたび起きあがり、夜の外気は冷えるので手早く服を着込んでから、通りに出てみた。

「はて、この辺のような気がしたが、誰の姿もないぞ。もう一本向こうの通りかもしれん」

老紳士は泣き声に導かれるように、通りから通りへ、広場から広場へとさまよい歩き、町を隅々まで回り、いちばん外れの通りのいちばん外れの家に来たところで、門の下でかすかな呻き声をあげている小柄な老人を見つけた。

「こんなところで何をしているのです？　具合でも悪いのですか？」

わずかなぼろ布の上に横たわっていた老人は、声をかけられて驚いた。

「えっ？　あなたは？　そうですか、この家のご主人ですね。わかってます。すぐにここから出ていきますよ」

「どこへ行くのです？」

「どこへかって？　そんなことわかりません。住む家もなければ頼る人もいない。今夜は冷えるから、ここで寒さを凌《しの》いでいたのですが……。こんな夜、新聞紙に身をくるみ、公園のベンチで寝でもしたら、二度と目が覚めなくなるかもしれません。ですが、こんなこと、あなたには関係のないお話だ。出ていきますよ。行きゃあいいんでしょ」

「いや、ちょっと待ってください。私はこの家の主《あるじ》ではありません」

「だったら、なんの用なんです？　あなたもここで寝たいのですか？　どうぞどうぞ。毛布はありませんが、スペースなら二人分ありますよ」

「そうではありません……。信じてもらえないかもしれませんが、わたしの家は多少なりとも暖かく、ソファーもあります」

「暖かい場所にソファーですって？」

「さあ、どうぞおいでなさい。それだけではありません。寝る前に、温かいミルクを一杯飲みましょう」

こうして、老紳士とホームレスの老人は、連れ立ってマンションに戻った。翌日、老紳士は老人を病院に連れていった。公園や家々の軒先で野宿を続けたせいで、ひどい気管支炎を患っていたのだ。診察を終えて戻ってきたときには、すでに夜だった。

老紳士がベッドに入ろうと思っていると、またもや泣き声が聞こえてくる……。

「また声がする」と、老紳士はつぶやいた。「家の中を見てまわっても無駄だ。どうせ誰もいないに決まっている。もう一度寝ようとするのも無駄だ。あの声が耳について、眠れっこないのだから……。仕方ない。ちょっと様子を見てくることにしよう」

前の晩と同様、老紳士は家を出ると、泣き声に導かれるように歩きに歩いた。今回は、ずっと遠くから聞こえてくるようだ。歩きに歩いて、とうとう町外れまでやってきた。それでも歩き続けたが、どうも様子がおかしい。住み慣れた町とは別の町に出たと思ったら、さらに別の町に入った。それでもまだ、遠くへ遠くへと歩き続ける。とうとう州の外れの山の頂にある小さな村までやってきた。そこで、病気の子どもを抱えた哀れな母親が泣いていた。子どもを医者に診てもらいたいのだが、呼びに行ってくれる人は誰もいない。

「子どもを一人置いていくことはできませんし、この雪の降る中、連れていくわけにもいきません……」

その村は雪にすっぽりと覆われていた。白い砂漠のような夜がひろがっている。

「ほら、元気を出して」と、老紳士は慰めた。「医者の家を教えてくれれば、わたしが呼びに行き、ここまで連れてきます。それまで、布を濡らして子どものおでこに当ててあげなさい。少し熱が下がって、眠ってくれるかもしれません」

こうして、老紳士はその母親のためにしてやれることをすべて終えると、ようやく自分の部屋に戻ることができた。すでに次の夜になっていた。その晩も、ちょうど寝つきかけたところで、眠りのなかに泣き声が分け入ってきた。まるで枕のすぐ脇で誰かが泣いているように聞こえる。そのまま泣かせておくわけにはいかない。老紳士はため息をひとつつくと、服を着て、通りに出て、ひたすら歩きはじめた。すると、また奇妙なことが起こった。前の晩よりも、さらに輪をかけて奇妙だった。というのも、イタリア半島を横切り、海を渡り、戦闘が繰り広げられている村にたどり着いたのだ。爆弾で家を破壊された家族が、絶望のどん底で泣いている。

「どうか元気を出してください」老紳士は声をかけ、できるかぎりのことをして慰めた。もちろん、彼の力は微々たるものだ。それでも、その家族はようやく泣くのをやめ、老紳士は家路につくことができた。すでに夜は明けていて、ベッドに入る時間ではない。

「今夜は少し早めにベッドに入ることにしよう」と、老紳士はつぶやいた。

ところが、泣き声はけっしてなくならない。ヨーロッパでもアフリカでも、アジアでもアメリカでも、かならず誰かしら泣いている。夜になるといつも、老紳士の家には泣き声が響き、それが枕もとから聞こえてくるような気がして寝つけない。そんな状況が、来る晩も来る晩も続いた。こうして毎晩、彼は遠くから聞こえてくる泣き声に導かれてひたすら歩いた。地球の裏側で人が泣いている場合もあったが、それでも彼の耳には聞こえる。いったん声が聞こえると、眠れなくなる……。

●●● 結末　その1 ●●●

老紳士は心根のとても優しい人だったが、まったく眠れない夜が続いたせいで、だんだんイライラし、しまいにはものすごく神経質になってしまった。

「せめてひと晩おきにでも眠りたいものだ……」老紳士はため息をついた。「考えてみれば、この世界にいるのはわたしだけではないはずだ。ほかの人には泣き声が聞こえないというのは、いったいどういうことなのか。起きあがって様子を見に行こうという人がほかにいてもいいはずではないのか」

時には、泣き声が聞こえても、起きるまいと抵抗してみることもあった。

「今晩は起きあがらないぞ。風邪ぎみだし、ひどく背中も痛む。わたしのことを自分勝手だと批判することは誰にもできないだろう」

ところが、泣き声はいつまでもいつまでも聞こえてくる。あまりにしつこいので、けっきょく、起きあがらずにはいられなかった。

こうして、老紳士はますます憔悴《しょうすい》し、神経が高ぶっていった。

とうとう、両方の耳に栓をしてからベッドに入ることにした。そうすれば、声を聞かずにすむので、眠ることができる。

「しばらくのあいだだけ、耳栓をすることにしよう。身体が休まるまでだ。まあ、ちょっとしたヴァカンスだと思えばいい」と、老紳士はつぶやいた。

こうして一か月のあいだ、欠かさず耳栓をして眠った。

ある晩、久しぶりに耳栓を外してみた。耳を澄ましてみる。もう泣き声は聞こえてこなかった。夜中まで眠らずにじっと聞いていたが、なんの声も、誰の泣き声も聞こえてこない。ときおり犬の遠吠えが聞こえてくるだけだった。

「もう誰も泣かなくなったのかな、いや、わたしの耳が遠くなったのかもしれない。どちらにしろ、これでよかったのさ」

結末　その2

来る晩も来る晩も、来る年も来る年も、老紳士はそんな調子で、何時だろうと構わず起きあがり、泣いている人に手を差し伸べるために地球の隅から隅まで歩きまわった。ときどき昼食後に服を着たまま、自分の年よりも古いソファーで数時間の仮眠をとるのがやっとだった。

そんな老紳士の行動を近所の人たちは怪しんだ。

「毎晩、どこへ出かけていくんだろう」

「町をうろつくのよ。あの人が浮浪者だってこと、知らないの？」

「どちらかというと、泥棒みたいだけど……」

「泥棒？　そうだ、そうにちがいない！　やっと謎が解けたぞ」

「そいつは見張っておかないとな」

ある晩、マンションに空き巣が入った。住民たちは口ぐちに老紳士の仕業だと言った。そのため、老紳士は家宅捜索を受け、ありとあらゆるものをひっくり返された。老紳士は必死で無罪を主張した。

「わたしは無実だ！　わたしは無実だ！」

「無実だと言うのか？　だったら、昨晩はどこに行っていたのか聞かせてくれ」

「昨晩はたしか……えっと、アルゼンチンに行っていました。農民の家で飼っていた雌牛が迷子になって……」

「よくもそんな見えすいた嘘がつけたものだ。アルゼンチンで雌牛を捕まえていただと？」

とうとう老紳士は牢屋に入れられてしまった。そして、泣き声は毎晩聞こえてくるのに、助けを求める人を探しにいくわけにもいかず、途方に暮れていたということだ。

●●●結末　その3●●●

結末その3は、今のところ存在していない。

可能性としては、こんな結末が考えられる。ある晩、地球上から泣いている人が一人もいなくなる。大人も子どもも泣いていない。次の晩も、涙を流す人はいない。来る晩も来る晩も、泣き声は聞こえない。誰もが幸せに暮らし、誰も泣く必要がなくなったのだ。

いつかきっと、そんな日が来るかもしれない。だが、もうすっかり年を取っている紳士は、その日まで生きられないだろう。それでも泣き声が聞こえると、むくりと起きあがる。どんな時でも希望を失わず、すべきことをこなしていかなければならないのだから。

12

魔法使いジロ

Mago Girò

昔あるところに、ジロという名の貧しい魔法使いがいた。矛盾しているように思うことだろう。一般的な物語の世界では、「魔法使い」に「貧しい」という形容詞はあまりそぐわない。ところが、この魔法使い、正真正銘の魔法使いだったにもかかわらず、ずいぶん前から客足がばったりと途絶え、まさに極貧状態だった。

「誰もわしの魔法を必要としていないなんて、そんなことがあるはずない」魔法使いはうちひしがれていた。「昔は、全員の要求に応じきれないほど、おおぜいの客がつめかけたものだ。あれやこれや魔法を頼まれてな。自慢じゃないが、わしはいろいろな魔法を使いこなせるんじゃ……。そうだ。世の中に何が起こったのか見にいくことにしよう。わしよりも魔法がうまい、強力なライバルが現れたのなら、ぜひ会ってみたい」

言うが早いか、さっさと貴重品——魔法のステッキ、呪文全書、二、三種類の秘薬——を手早くまとめ、旅に出た。

歩いて歩いて、もうすぐ日も暮れるというころ、小さな家の前に出た。魔法使いは戸をたたいてみる。

コツ、コツ。

「どなた？」

「友ですよ、奥さん。あなたの友です」

「あら、それはすてき。どうぞ中に入って。会いに来てくれる友だちなんて、数えるほどしかいないんだもの。どうぞ楽になさって。なにかあたしに御用でも？」

「わたしが？　いいや、奥さん。わたしは用など何もありません。奥さんこそ、わたしに用があるのではありませんか？　何を隠そう、わたしは魔法使いです。名前はジロ。魔法使いジロです」

「魔法使いですって？　なんてすばらしいんでしょう！」

「そう、魔法使いです。このステッキを見てください。なんの変哲もないステッキのようですが、じつは魔法のステッキなのです。呪文を唱えると――わたしだけが知っている秘密の呪文ですが――、空から星がひとつ降りてきて、あなたの家を明るく照らします」

そこまで話したとき、奥さんが小さな悲鳴をあげた。

「あら、たいへん。明かりといえば、電灯をつけるのを忘れていたわ。一人で考えごとにふけっていたもので、辺りが暗くなったことにも気づかなかったの。失礼しました。はい、これでいいわね。それで、明かりがどうかしましたか?」

だが、魔法使いはあまりに驚いて、話の続きどころではなかった。口をあんぐりと開けて電灯を見つめているものだから、傍目《はため》にはのみこもうとしているかのように見えた。

「奥さん、いま何をしたのですか?」

「何をしたって? スイッチを入れて電灯をつけただけですけど? 電気って、本当に便利よね」

魔法使いのジロは、初めて耳にしたその言葉をしっかりと記憶に刻んだ。——〝電気〟というのは、きっとわしから仕事を奪っている魔法使いにちがいない——。

それから、勇気をふりしぼって話しはじめた。

「ですから奥さん、先ほどの話の続きですが、わたしは魔法使いで、数え切れないほどたくさんの魔法を使うことができます。たとえば、この粉を少しコップに入れると、遠く離れた人の声も聞こえるようになるのです」

「あら、たいへん」奥さんはまた小さな悲鳴をあげた。「水道屋さんに電話しなくちゃいけなかったのよ。少し待っててくださる？　えっと、番号は……これだわ。もしもし、水道屋さんですか？　お留守じゃなくてよかったわ。明日の午前中、洗濯機の配管を直しに来てくださらない？　助かるわ。よろしくお願いします。では失礼します。どうも。これでいいわ」

魔法使いジロは、口が利《き》けるようになるまでに、唾を二、三回、のみこまなければならなかった。

「奥さん、いったい誰と話していたのですか？」

「水道屋さんよ。聞こえませんでした？　電話って、とっても便利よね……」

魔法使いは、その言葉もしっかりと記憶に刻んだ。――そんな名前の魔法使い、一度も聞いたことがないぞ。いつの間にかずいぶん競争相手が増えたものだ――。

それから、気を取り直してこう言った。

「奥さん、よく聞いてくださいよ。遠く離れた人の姿を、まるでこの部屋の、すぐ目の前にいるかのように見たかったら、遠慮せずにおっしゃってくださいね。もうひとつ、別の魔法の粉があって、それを使うと……」

「たいへん！」魔法使いの言葉をさえぎって、奥さんが金切り声をあげた。「あたしったら、今日は本当にぼーっとしてるわね。スキー競技が始まる時間なのに、テレビをつけるの忘れてたわ。うちの息子、滑降競技の選手なの。急いでつければ、まだ間に合うかもしれない……。ほら、見て！　なんてラッキーなのかしら。あの選手よ。あれがうちの息子なの。みんなから握手されている選手よ。また優勝したのね。カッコいいでしょ？　もう少しで見逃すところだったわ。思い出させてくれてありがとう。本当にあなたって魔法使いみたいね」

「だから奥さん、そうなんですって、さっきから言ってるじゃないですか。わたしは、魔法使いのジロです」

「ああ、テレビがあって本当によかった」奥さんは魔法使いの話は聞かずに、そう言った。

哀れな魔法使いは、憶《おぼ》えまちがいのないように、その言葉をもういちど繰り返してもらった。そして、心の中でこう思った。――また新しい競争相手の魔法使いだな。なぜ仕事が激減したのか、やっとわかってきたぞ。こんなにおおぜいの魔法使いがこの近辺をうろついてるなんて――。

それでも辛抱づよく、自分にどんな魔法ができるのか説明を続けるのだった。

「いいですか、奥さん。よく聞いてください。先ほどから何度も繰り返しているように、わたしはとても有名な、偉大な魔法使いなんです。この家を訪ねたのも、きっと奥さんのお役に立てることがあるはずだと思ったからです。ほら、ご覧の通り。これは、魔法や魔除けの呪文の本で、こっちは魔法のステッキ……」

結末　その1

いうまでもなく、その日、魔法使いのジロはちっとも商売にならなかった。世の中があまりに変化しすぎていて、以前、魔法専門の旅商人として定期的に町をまわっていたころとはまったく勝手が異なっていたのだ。電灯、電話、テレビだけでなく、哀れな魔法使いは、ほかにも百近くの驚くべき機器を発見した。昔だったら千人の魔法使いが手分けしてやるような仕事をこなしてしまうそんな機器が、ごく普通の人の家に置かれていて、ボタンを押すだけで命令通りに動くのだ。

魔法使いのジロは、この世界のことをもっと詳しく知ろうと考え、新聞をたくさん買いこんだ。すると、競争相手がまったく存在していない地域も、地球上にはたくさん存在することがわかってきた。まだ電気も電話も通っておらず、便利な道具が普及していない土地も数多くあり、〝現代の魔法〟を買うだけの十分なお金を持たない、貧しい人たちが住んでいる地域もあることを知ったのだ。

——こいつはいいぞ——魔法使いは揉み手をしながら考えた。あまり強く揉んだので、火花がいくつも飛び散ったほどだ。——そういう場所に行くことにしよう。そうすれば、わしにもできることがまだたくさんありそうだ。そこへ行けば、わしのような昔ながらの優秀な老魔法使いに対して、敬意をはらってくれるにちがいない——。

●●● 結末　その2 ●●●

魔法使いは、奥さんの話を聞き、その家にあるさまざまな機器を観察するうちに、現代の世界には、昔ながらの魔法の出る幕がないことを理解した。

——まったく、狡猾《こうかつ》な人間どもめ——と、魔法使いは心の中でつぶやいた。——われわれ魔法使いが思いもつかなかったような、あらゆる悪魔のシロモノを発明しやがって。いいか、ジロ、時代の波に乗り遅れてはいけないぞ。今風の言葉を使うなら、アップデートしなければならんのだ。要するに、〝仕事を変えないと、みじめな老後が待ってる〟ということだ——。

魔法使いジロはバカではなかったので、二、三日も調査と考察をすると、たちまち新たなプロジェクトを立ちあげた。大きな店を借り、家庭用電化製品の販売を始めたのだ。

ローンでの支払いも可能なその店は繁盛し、魔法使いはやがて裕福な商人となった。そのお金で自家用車だけでなく、マッジョーレ湖畔の別荘とヨットも購入し、日曜日はいつも湖でのんびりと過ごした。風のない日でも大丈夫。ちょっとした魔法で帆をふくらませ、南の湖岸にあるストレーザから北のカンノービオまで、わずか数分で移動することができた。ガソリン代を節約するために、エンジンはなるべく使わないように心がけていた。

●●●結末　その3●●●

その日は、魔法使いジロにとって勉強になることばかりだった。ジロが愚かな魔法使いだったら、おそらく希望を失《な》くしていただろう。だが、ジロは愚かではなかったので、例の奥さんの家で初めて目にした驚くべき現象は、どれも魔法のなせる技ではなく、科学技術の成果だということを理解するのに時間はかからなかった。想像力も豊かだったジロは、心の中でこう誓った。

——人間たちは、魔法のステッキに頼ることもなく、自分たちの頭と器用な手だけを使って、なんとたくさんのものを発明したのだろう。それだけでなく、これからもきっと次々に多くのものを発見していくにちがいない。わしも魔法使いなど辞めることにしよう。普通の人間になって、なにか新しいものを発明するために勉強するんだ——。

魔法使いを辞めるにあたっては、魔法使い協会に辞表を提出するといった煩雑な手続きは必要なかった。もはや使いものにならない、魔法の道具《がらくた》の入った包みを道路脇の溝に投げ捨てさえすればそれでよかったのだ。

こうして、ぐんと身軽になったジロは、新しい人生へと続く道を満足そうに歩みはじめた。

13
リナルドの異変

L'avventura di Rinaldo

ある日のこと、リナルドは自転車で転び、額に大きなたんこぶをこしらえて帰ってきた。ドイツに出稼ぎに行っている両親の代わりにリナルドの面倒をみていた伯母さんは、ものすごく驚いた。些細なことにいちいち驚く女の人がいるが、伯母さんもちょうどそんなタイプだったのだ。

「おお、わたしのリナルド坊や。いったいどうしたの?」

「大丈夫だよ、ローザ伯母さん。ちょっと自転車で転んだだけさ」

「あらまあ、なんて恐ろしいこと!」

「べつに転んだところを見たわけでもないのに……」

「だからこそ恐ろしいのよ」

「じゃあ、次の時には転ぶ前に呼んであげるね」

「冗談を言ってる場合じゃないでしょ。それより、どうして家の中まで自転車を持ってきたのか説明してちょうだい」

「家の中に？　そんなことしてないさ。いつものとおり、玄関の前に駐めてきたよ」

「それじゃあ、あの自転車は誰のだっていうの？」

リナルドはふりかえり、伯母の人差し指が示す方向に目をやると、たしかにキッチンの壁に赤い自転車が立てかけられていた。

「あれはぼくのじゃないよ、ローザ伯母さん。ぼくのは緑だ」

「言われてみれば緑だったわね。じゃあ、どういうことなの？　ひとりでに家の中に入ってくるわけもないし……」

「そうだよね。幽霊の仕業とか？」

「リナルド、お願いだから幽霊の話なんてしないでちょうだい」

「カッコいい自転車だね」

するとローザ伯母さんが小さな悲鳴をあげた。

「伯母さん、どうしたの？」

「見て、自転車がもう一台！」

「ほんとうだ！　こっちもカッコいいね」

ローザ伯母さんは、ますます驚いて手をばたばたさせた。

「それにしても、この自転車、どこから飛びだしてきたのかしら」

「さあ」とリナルド。「ほんと、ミステリーみたいだね。ベッドルームにも自転車があったりして……。すごい、あった。見てよ、ローザ伯母さん。これで三台だね。この調子で増えていったら、すぐに家じゅう自転車……」

その時、伯母さんがまた悲鳴をあげたので、リナルドは耳をふさがなければならなかった。

どうやら、リナルドが「自転車」という言葉を口にした途端、家の中の自転車の数が増えていくらしい。おそるおそるバスルームをのぞいたローザ伯母さんは、そこだけで十二台もあると驚いた。そのうちの二台は浴槽の中だ。

「いい加減にして、リナルド」かわいそうに、伯母さんはため息をつくと、へなへなと椅子に座り込んだ。「やめてちょうだい、わたしはこれ以上耐えられない」

「やめてって、どういうこと？　まるでぼくが悪いみたいじゃない。ぼくが自転車を作ってるわけじゃないのに……。ぼくには三輪車だって……」

チリンチリン！

そのとたん、テーブルの上にかわいらしい三輪車が現れた。タイヤにはまだ包装紙がかけてありそうな、真新しい三輪車だ。「ぼくもここにいるよ！」とでも言いたげに、陽気なベルの音を響かせている。

「リナルド、お願いだからやめて」

「ローザ伯母さん、こんな不思議な出来事がぜんぶぼくのせいだなんて、本気で思うわけないよね？」

「当然よ、リナルド。そんなこと思ってないに決まってるわ。だけど、お願いだから気をつけてちょうだい。もう二度と、『自転車』とか『三輪車』という言葉を口にしてはダメよ」

リナルドは笑いだした。

「だったら、ほかの話をすればいいんだね。目覚まし時計の話にする？　それとも、穫れたての西瓜？　チョコレートプリンがいい？　ゴム長靴？」

ローザ伯母さんは気を失った。リナルドが一連の名詞を口にするたびに、目覚まし時計や西瓜、プリン、長靴といったものが家の中にあふれだしたからだ。

なんの脈絡もない突拍子もない物が、まるで幽霊のように、何もないところからいきなり飛びだしてくる。

「伯母さん！　ローザ伯母さん！」

「なあに？　どうしたの？　ああ！」正気に返った伯母さんが言った。「わたしの息子同然の、甥っ子のリナルド、お願いだからそこに黙って座っててちょうだい。わたしのことが好きなら、そこに座ってじっとしてるの。デ・マジストリス教授を呼んでくるから。彼なら、きっと何かわかるに決まってるわ」

このデ・マジストリス教授というのは、すでに退官した大学教授で、庭をはさんで向かいの家に住んでいた。何か悩みごとがあるたびに、ローザ伯母さんはデ・マジストリス教授の家に駆け込む。そんな伯母さんの話を、教授はいつでも親身になって聴いてくれ、なにやかやと助言してくれるのだった。それは、年を重ねた人だけの持つ心の広さと辛抱づよさだといえた。その時も、デ・マジストリス教授は気軽に話を聴きにきてくれた。

「それで、リナルド君。どうしたんだい？」

「こんにちは、教授。ぼくもどういうことなのかわからないんです。まるで、この家にユウ……」

「幽霊」と言おうとしたところで、ローザ伯母さんに口をふさがれた。

「ダメ！　リナルド。その言葉は使わないで！　ほかの言葉ならまだしも、『幽霊』だけは絶対に言わないで」

「奥さん、きちんと説明してください」と、デ・マジストリス教授は言った。「何がなんだかさっぱりわかりません」

「説明しろと言われても……。この子ったら、自転車で転んで額を打ったんです。それからというもの、ご覧のとおり。何か言葉を口にするたびに、それが……つまりその言葉が……」

「見ててね、教授」リナルドが口をはさんだ。「ぼくが『猫』って言うと……」

ニャーオ。ストーブのそばの椅子の上に猫がとつぜん現れて、鳴いた。

「ひっ！」教授が驚いて声をあげた。「ふーむ。なるほど」

「信じられませんよね？　ドイツにいるこの子の両親は、こんな病気には……」

「病気じゃないよ！」と、リナルドは抗議した。「すごく便利な能力だと思うんだ。ピスタチオ味のジェラートが食べたければ……」

ポコン！

たちまちガラスの器に盛られたジェラートが現れた。

「これはまたおいしそうだね」と、教授が言った。「だけど、スプーンがないな」

「スプーン」とリナルド。「それと、ジェラートをもう一つと、スプーンももうひとつ。これで、二人いっぺんにジェラートが食べられるね。伯母さんもジェラート食べたい？」

ローザ伯母さんの返事はなかった。またもや気を失ってしまったのだった。

結末　その1

デ・マジストリス教授は、ジェラートの器を丹念に空にすると、ふたたび率先して話し始めた。

「つまり、ここにいるリナルド君が、なぜかはわからないが、自転車で転んでからというもの、とんだ超能力の持ち主になり、物の名前を口にするだけで、どんな物でも手に入れることができるようになったというのですね」

「おお神様！」ローザ伯母さんが叫んだ。

「奥さん、まさにそのとおり。お二人にとっては、神と天使とがいっぺんに現れたようなものですよ」

「どうしてです？」

「どうしてって？　決まってるじゃありませんか。リナルド君が『億万』と言えば、あなたがたは億万長者になれるのです。『プール付きの別荘』と言えば、いつでもプールに飛び込めるし、『運転手付きの自動車』と言えば、好きな時にドライブに行かれる。そうなれば、リナルド君の両親は、もはや外国まで出稼ぎに行く必要もなくなります。それに、リナルド君のような子なら、年老いた元大学教授の友人への思いやりも忘れずに、わたしのためにも何かきっと……。

　待ってくれ、まだ何も言ってはダメだぞ……。『犬』だ。お願いだからこの言葉を言ってほしい。あまり子犬でもなく、かといって年を取りすぎてもいない、立派なダックスフンド……。きっとわたしのよき友となってくれることだろう。

　いえ、その……いつも家に一人でいるのは、あまり好ましくありませんから」

「あまり子犬でもなく、かといって年を取りすぎてもいない、立派なダックスフンド！」さっそくリナルドが言った。

　すると、一匹のダックスフンドが現れ、ワンワンと嬉しそうに吠え、デ・マジストリス教授のズボンにじゃれついてきた。教授の目には嬉し涙が光っていた。

●●結末　その2●●

詳しい経緯は省略するが、デ・マジストリス教授は、それがどういうことを意味するのか説明した。そして、「用心してくださいね。このことは誰にも話してはいけません。リナルド君の命が危険にさらされます」と注意した。

「それはたいへん！　なぜそんなことに？」

「当然でしょう。この子が持つ超能力は、はかり知れない富をもたらすものとなるかもしれないのですよ。それをまわりに知られたら、多くのならず者たちが、彼の才能を最大限に利用するために、リナルド君を誘拐しようとするでしょう」

「それはたいへん！　とんでもないことだわ！」

伯母さんと甥っ子は、誰にも言わないと約束した。

「では、また明日……」デ・マジストリス教授は別れ際に行った。「一緒に対策を練ることにしましょう」

「また明日」

じつは、このデ・マジストリスという教授、二重の生活を送っていた。昼間は退官した教授として振る舞っていたが、夜になるとヨーロッパ中の銀行を狙って強盗を計画するギャング団のボスに早変わり。デ・マジストリスは手下に電話し、リナルドを誘拐するように命じた。そして、トレーラートラック十台分の荷台がいっぱいになるまで、「金《きん》」という言葉を繰り返し言わせたのだ。それから、先頭のトレーラートラックに乗り込むと、クラクションを鳴らして走り去った。その後、デ・マジストリスの姿を見た者はいない。

リナルドはといえば、「金」という言葉を何度も言わされたせいで、声も出ないほど疲れ果てていた。そして、ようやく声が戻った時には、不思議な能力も消えてしまっていた。

それでもローザ伯母さんは、家にたくさんあった自転車や目覚まし時計、西瓜などを売って、いくらかのお金を手にすることができたということだ。

●●● 結末　その3 ●●●

ジェラートを食べ終わったリナルドは、もうひとつお代わりを頼んだ。だが、あまりに早口で言ったため、ジェラートはテーブルの上にゆっくり降りてくるかわりに、リナルドの頭の上に勢いよく落ちてきた。ジェラートだけなら大して問題ではなかったのだが、ガラスの器に入っていたものだからたまらない。しかも、ちょうどリナルドが自転車で転んだ時にできたたんこぶに命中した。それは致命的な一撃となった。それからというもの、リナルドは何度も物の名前を口にしてみたが無駄だった。自動車だろうが茹でたジャガイモだろうが、なにひとつ現れることはなかった。

14

羊飼いの指輪

L'anello del pastore

昔むかし、ローマ郊外の片田舎に、羊の群れを放牧している男がいた。夕方になると羊たちを小屋に戻し、わずかばかりのパンとチーズを食べ、藁《わら》の上で横になって眠る。そして昼間は、太陽が照ろうと北風が吹こうと雨が降ろうと、いつだって羊と犬を連れて外へ行く。何か月ものあいだ家から遠く離れ、たった一人で暮らさなければならない。羊飼いの暮らしは楽なものではなかった。

ある晩、そろそろ寝ようと思っていたころ、どこからか呼ぶ声が聞こえてきた。

「おおい、羊飼い！　羊飼いよ！」

「誰です？　ぼくを呼ぶのは誰です？」

「友達だよ、羊飼い。君の友達だ」

「そう言われても、ぼくは犬のほかに、友達なんてほとんどいません。いったい誰なのです？」

「しがない旅の者さ、羊飼い。一日じゅう歩き続け、明日もずっと歩かなければならない。電車代も持っていないものでな。夕飯も食べてないし、食料も持ってない。君ならきっと……」

「どうぞ中に入って座ってください。パンとチーズしかありませんが。飲み物は、羊乳ならいくらでもあります。それでよければ、どうぞ召しあがれ」

「ありがとう。君はじつに寛大な心の持ち主だ。それに、このチーズのおいしいこと。君が作ったのかね?」

「そう、手作りです。パンが少し古くて申し訳ありません。明日になれば焼きたてが届くのですが……。ああ、今が明日の晩だったら……」

「そんなに気にすることはない。このパンだってとてもおいしいよ。空腹を抱えた者にとっては、明日の焼きたてパンより、今日の硬くなったパンのほうがありがたいものだ」

「あなたは、腹かげんをよくご存じの方のようですね」

旅人は食べて飲んだ。その後、旅人が横になれるように、羊飼いは自分の藁の半分を譲った。翌朝は、空がぼんやり明るくなると同時に、二人いっしょに目を覚ました。

「羊飼いよ、ありがとう」

「わずかばかりの藁でそんな……」

「マットレスが十二枚あるベッドより、よほど寝心地がいい」

「どうやら、ベッドの硬さかげんもよく心得ていらっしゃるようですね」

「ほんとうによく眠れたよ」と、旅人は言った。「お礼に、ちょっとした記念の品を置いていきたい」

「記念の品？　おや……指輪じゃないですか……」

「どうか受け取っておくれ。たいした価値もない、ただの小さな鉄の指輪だ。さっきも言ったとおり、ほんの記念だよ。だが、失くさないように」

「失くしませんとも」

「何かの役に立つことがあるかもしれん」

「あなたがそうおっしゃるなら……」

こうして二人は別れた。羊飼いはもらった指輪をポケットにしまうと、それきりすっかり忘れていた。

その晩、羊小屋に二人組の盗賊が押し入った。かつてその辺りによく出没していたような、全身武装の盗賊だ。

「子羊を一頭殺して、串焼きにしろ」盗賊たちは羊飼いに命令した。

そんな風貌の盗賊を相手にしたら、おとなしく従うしかない。

「塩かげんに気をつけろ。多すぎても少なすぎてもダメだ」

塩をふっているあいだ、羊飼いは息をすることもできなかった。

幸い、夕飯は二人の口に合ったようだった。というのも、話したり命令を下したりしている、どこから見ても親分らしいほうの盗賊が、食べている最中にこう言ったからだ。

「羊飼いとしてのお前の腕がどれほどのものかは知らないが、料理人としてはなかなかの腕前だな」

「誰もができることをするだけです……」

「その通り。お前にできることとは？　料理だ。そこで、お前はこうして料理をした。俺たちに何ができる？　食べることとさ。そこで、こうして食べている。それ以外のことは、後で考えればいいのさ」

「それ以外のこと？　どういう意味なのです？」

「あせるな、羊飼い。そのうちわかる。俺たちの顔を見たのが災難だったな」

「災難とまでは思えないですけど……」羊飼いは、「それほど自分たちを卑下することはありませんよ。言うほど醜い顔ではないじゃないですか」という気持ちで言ったのだが、盗賊が「災難」の意味を教えてくれた。

「いいか、羊飼いよ。お前が村に戻って、俺たちのことを話したら、まずいことになると思わないか？　お前は俺たちの背格好や服装を警察に話すだろう。一人は年をとっていて、片目が見えない。もう一人はそこそこ若くて、鼻の頭にイボがある……となし

「鼻の頭にイボなんて、ないじゃありませんか」

「たとえばの話だよ。つまり、俺たちにとって、お前は危険な存在ってわけだ。だが、心配するな。きちんと墓に入れてやるし、花も供えてやるさ」

「墓って……ぼくをどうするつもりなんです？」

「羊飼いよ、まさか生きたまま墓に入るつもりではあるまい」

「ぼくを殺すというのですか！」

「まったく、どこまで頭の回転の鈍い奴なんだ。それしかほかに方法はないのさ。といっても、すぐに済む。一分とかからないだろう。働くよりも、死ぬほうが楽だよ。

おそらく……おい、羊飼い。おいと言ってるんだ！　どこへ消えやがった。羊飼い！　仲間よ、なにをぐずぐずしてやがる。お前はあっちを捜せ。俺はこっちを捜す。羊飼い。出ておいで。今のはほんの冗談だよ。誰もお前を殺すつもりはない。さあ、かくれんぼはお仕舞いだ。羊飼い。羊飼い！」

それにしても、羊飼いはどこへ行ってしまったのだろう……。

じつは、盗賊たちに脅されているあいだ、羊飼いは何の気なしにポケットに手をつっこんだ。すると、鉄の指輪に手が触れた。その瞬間、羊飼いの姿が透明になったのだ。

焚き火のそばに座っているのに、盗賊たちには見えない。盗賊たちは、見つけしだい殺せるように武器を握りしめ、大声で呼びながら羊飼いを捜しまわった。羊飼いはじっと動かなかった。恐怖のあまり、身動きできなかったのだ。息をするのすら怖かった……。

●●●結末　その1●●●

しまいに、盗賊たちは羊飼いを捜すことに疲れて、トルファ山の奥にある隠れ処へと帰っていった。羊飼いは、羊の群れの番を犬に任せ（しっかり見張りをしてくれるだろうと確信していた）、物音を立てないように注意しながら、二人の後をつけることにした。ときどき、靴の下で枯れた葉っぱがかさこそと音を立てたり、小さな石が小道に飛びだすことがあった。その度《たび》に盗賊たちは足を止め、警戒して辺りを見回したが、何も見えないし誰もいないので、ほっと息をついてまた歩きだす。

「おかしいぞ」親分がつぶやいた。「誰かがつけてくるような気がしてならない」

もう一人の盗賊が、うなずいた。

「だが、誰もいない」親分が言った。

すると、もう一人の盗賊がまたうなずいた。親分にはけっして逆らわない主義だったのだ。

羊飼いは二人を追って森の中を歩き、山を登り、盗賊団の仲間が待つ洞窟にたどりついた。そして、彼らに交じって座り、身体が触れそうなほど近くで、盗賊たちの話を聞いた。だが、盗賊たちの腕や指が触れそうになると、巧みに身をかわす。しばらくすると盗賊たちは立ちあがり、列車を襲うため、手に手に武器を持って出ていった。一人残った羊飼いは、洞窟をすみずみまで調べてまわった。石という石を動かし、藁の下も確かめているうちに、狼の毛皮で覆われた揚げ戸の下に、探していたものを見つけたのだ。そう、彼らの宝物。盗賊たちがこれまでの数々の掠奪で手に入れた品々だった。金《きん》や宝石、それに現金も山ほどある。羊飼いは、ずだ袋いっぱいにそれらを詰めこむと、マントを脱いで床にひろげ、そこにも宝物を詰め込んだ。

あまりの重さに、帰りは腰をかがめて歩かなければならなかったが、羊たちと犬の待つ小屋に戻ることはなかった。これだけの大金持ちになり、羊の群れなど百だって買える今、群れ一つにこだわる必要があるだろうか。羊飼いは、鼻歌を歌いながら町に向かって歩きだした。

「美しきローマよ。おまえの許を訪れるのは、王より裕福な羊飼い……」

●●●結末　その2●●●

いくら捜しても羊飼いの姿がどこにもないので、疲れ果てた盗賊たちが帰ってしまうと、羊飼いは自分の身を救ってくれた指輪にキスをした。その瞬間、キスの効力で、羊飼いの姿は元通り目に見えるようになっていた。それまで眠っていたように見えた犬が、急に嬉しそうに吠えながら足にじゃれついてきたので、羊飼いはそのことに気づいたのだ。

「いい子だ。ぼくたちにどれだけすばらしい幸運がめぐってきたか、お前にもわかるんだね。そのとおり、休みなく働き続ける生活なんて、もうたくさんだ。手の掛かる羊たちともおさらばさ。ぼくがこれからしようと思っていることがわかるかい？　ぼくは探偵になる。私立探偵だよ。姿が見えないのを利用すれば、誰にも気づかれずにどんな調査でもできるだろ？　犯罪人の巣窟に出入りしたり、証拠を集めたり、写真を撮《と》ったり、なんでもできる。どんなにずる賢い泥棒だろうと捕まえてやる。いかにうまく偽装しようとも見破るし、強盗団だって一網打尽だ。そして、イタリアとスイスで有名になるのさ。ついでに、プロイセンでもね」

じっさい、そのとおりになった。数か月後には、ヨーロッパの各地で、一人の男の偉業を称《たた》える記事が毎日のように新聞をにぎわした。新聞記者たちは、彼に「探偵王」という名前をつけたが、本人が選んだバトル・ネームは、「ドクトル・透明《インヴィジビリス》」だった。

結末　その3

羊飼いは、自分の幸運にすっかり気をよくした。

「ほんとうにありがたい指輪だ。ぼくにこれをくれた旅人にも感謝しないと」

ところが、その日からというもの、指輪を失くしたらどうしようと心配になり、羊飼いの心が安らぐことはなかった。

――ポケットに入れておくわけにはいかない――羊飼いは考えた。――ハンカチを出した拍子に落としてしまったら、一巻の終わりだ。かといって、指にはめるのは人目に付きすぎる。泥棒に目をつけられて、盗まれてしまうかもしれない。どこかに隠しておかないと……。でもどこに？　そうだ、あそこがいい。あの木の割れ目の中に隠しておこう——。

こうして木の割れ目に指輪を隠し、羊に草を食ませているあいだ、羊飼いはその魔法の指輪でどんなことをしようかと、あれやこれや想像をふくらませるのだった。どれもすばらしい想像ばかりだったが、ひとつ残らず空想で終わる運命にあった。というのも、そのあいだにカササギが指輪を見つけ、巣に持ち帰ってしまったのだ。カササギの巣はいったいどこにあるのだろう……。

こうして、羊飼いの姿が消える代わりに、指輪が消えてなくなり、二度と見つかることはなかった。

15

星へ向かうタクシー

Taxi per le stelle

ある晩、ミラノのタクシー運転手ペッピーノ・コンパニョーニは、その日の勤務時間を終え、ポルタ・ジェノヴァの界隈にあるガレージに車を戻すため、ゆっくり運転をしていた。その日はたいした距離を走らなかったうえ、不平の多い客が何人かいたので、あまり満足していなかった。それだけでなく、女性客の一人には店の前で四十八分も待たされるわ、警官から罰金まで取られるわ、踏んだり蹴ったりだったのだ。そこで、帰る途中も通行人に注意を払いながら走っていた。すると期待どおり、男の人が合図を寄越した。

「タクシー、タクシー！」

「どうぞお乗りください、旦那さん」ペッピーノ・コンパニョーニは、すかさずブレーキを踏んだ。「ただし、わたしは仕事を終えるところで、ポルタ・ジェノヴァ方面に向かいます。それでよろしければ、どうぞ」

「好きなところに行って構わないが、とにかく急いでくれ」

「いや、行先はお客さんに決めていただかないと困ります。わたしにとっての帰り道から大きく逸れなければそれでいいのです」

「いいから早く！　エンジン全開で、ひたすらまっすぐ走ってくれ」

「かしこまりました、旦那」

ペッピーノ・コンパニョーニはアクセルペダルを踏み込み、走りだした。

そのあいだにも、バックミラーで客の様子をちらちらとうかがっていた。「好きなところに行って構わない」「ひたすらまっすぐ走ってくれ」なんて、奇妙な客だ。客の顔は、コートの襟と帽子のつばになかば隠れて、よく見えなかった。――おいおい、まさか泥棒ってことはあるまいな――ペッピーノは心配になってきた。――後ろから誰も追いかけてこないか確認しておこう。大丈夫、誰も来てないようだ。それにしても、スーツケースも鞄も持っていないぞ。小さな箱を一つ持ってるだけだ。おや、ちょうど箱を開けようとしてるぞ。中に何が入ってるんだろう。あれはいったい何だ？　チョコレートのかけらみたいだが……。やっぱりそうだ。青いチョコレートだ。それにしても、青いチョコレートなんて、初めて見るなあ。おや、平気で食べてるぞ……。まあ、人の好みはさまざまだからな。さあ、ペッピーノ、そろそろ着くはずだ――。

「なんとまあ、これは……いったい……どういうことです？　ちょっと！　何をなさるのですか？　なんてことをしてくれるんだ」

「そう心配するな」乗客が、鋭い声で答えた。「そのまままっすぐ進んでくれ」

「このまままっすぐ行ったらエジプトも通り越してしまいます！　これじゃあ、まっすぐもバックもありません。見てください、空を飛んでいるのがわからないのですか？　助けてくれ！」

　ペッピーノ・コンパニョーニは、高層ビルの屋上にあるテレビのアンテナにぶつからないよう、あわててハンドルを切ってから、あらためて抗議した。

「お客さん、どういうつもりです？　何をたくらんでいるのですか？」

「そう怯《おび》えるな。たいしたことではない」

「お客さんは、空を飛ぶタクシーがたいしたことではないと言うのですか？　いつでもどこでも見られるものだと？　なんてこった！　ミラノの大聖堂《ドゥオーモ》の上を飛んでるんですよ。こんなところで落ちたら、尖塔《せんとう》に串刺しになって、あの世行きだ。悪ふざけもいいかげんにしてください」

「悪ふざけでないことぐらい、わからんのか」乗客は言い返した。「われわれは空を飛んでいる。それがどうかしたかね?」

「それがどうかしたかですって?　このタクシーは、ロケットじゃありません!」

「まあ、いまこの瞬間は、宇宙タクシーのようなものだ」

「なにが宇宙タクシーですか!　だいたい、わたしはパイロットの免許なんて持ってないんだ。このまま運転を続けたら、ものすごい額の罰金を払わされますよ。とにかく、どうしてこの車が空を飛んでいるのか説明していただけませんか?」

「じつにかんたんなことだ。ここに青い物質があるだろう?」

「ええ、見ました。さっきお客さんがひとかけら食べていたものですね?」

「そうだ。これをひとかけらのみこむと、威力を発揮する。光速プラス時速一メートルのスピードが出せる、反重力エンジンだ」

「なるほど。とてもすばらしいものだとは思いますが、わたしは家に帰らなければならないのです。いいですか、お客さん。わたしはポルタ・ジェノヴァに住んでるのですよ。月ではありません」

「目的地は月ではない」

「違うんですか？　では、どこへ？」

「恒星アルデバランの第七惑星。そこがわれわれの星だ」

「それはすごいですね。でも、わたしが住んでるのは地球です」

「いいか、これから説明することをよく聴くんだ。わたしは地球人ではない。アルデバラン星人だ。これを見ろ」

「何を見ろというのです？」

「ここだよ。三つ目の目が見えるだろ？」

「これは驚いた。本当に目が三つある」

「手もこのとおり。わたしの指が何本あるか数えてごらん」

「一本、二本、三本……六本……十二本。片手の指だけで十二本も？」

「そう、十二本だ。どうだ、これで納得してもらえたかね？　地球の様子を調べるという任務を受けて、この星に派遣されていたのだが、これから自分の惑星に戻り、成果を報告するところだ」

「さすがですね。それこそあなたの使命です。だれもが我が家を目指すものだ。だけど、わたしは？　どうやって家に帰ればいいのです？」

「さっき見せたかけらを食べれば、すぐにミラノへ戻れるさ」

「だったら、わざわざタクシーに乗らなくてもよかったのでは……」

「座って旅がしたかったものでね。質問はいいかげんにしてくれ。ほら、間もなく着くぞ」

「あのボールみたいなやつが、あなたの住む惑星だというのですか？」

ところが、その「ボールみたいなやつ」は、数秒もしないうちに巨大な球体となり、ペッピーノ・コンパニョーニのタクシーは、その表面を目指して、恐ろしいスピードで着陸態勢に入ったのだった。

「あの左のほうの広場に着陸してくれ」と、乗客が指示した。

「広場と言われても、わたしにはただの草むらにしか見えませんが……」

「われわれの惑星には草むらなんてない」

「だとしたら、緑に塗られた広場でしょうか」

「むむ……降りてくれ。さあ、降りて。そう……。アルデバランへ！」

「ほら、言ったとおりじゃないですか。これが草でなくてなんなのです？　ところで、あそこにいるのは誰ですか？」

「弓に矢をつがえてこっちに向かって走ってくる、あの巨大なメンドリのような人たちですよ」

「誰の話だね？」

「弓だって？　矢？　巨大なメンドリ？　われわれの惑星には、そんなものはいないはずだ！」

「いない？　だとしたら、おそらく……」

「黙ってろ。わかっておる。どうやら道を間違えたようだ。少し考える時間をくれ」

「ですが、急いで考えてください。やつらがどんどん迫ってきます」

ヒューーッ！

「聞こえましたか？　矢が飛んできた音ですよ！　ほら、アルデバラン星人さん。ぼおっとしてる場合じゃありません。青いチョコレートをかじって、逃げましょう。こんなところにいてはダメです。ただちにここを脱出するのです。わたくし、ペッピーノ・コンパニョーニは、身体じゅう穴だらけにされてミラノに帰るのなんてごめんですからね。いいですか？」

ペッピーノが「青いチョコレート」と命名した不思議な物質を、アルデバラン星人は大急ぎで嚙《か》んだ。

「のみこんでください！　嚙んでる暇なんてない！　早く！」とタクシー運転手のペッピーノが叫んだ……。

結末　その1

間一髪《かんいっぱつ》のところで、タクシーはふたたび宇宙を飛びはじめた。だが、一本の矢が後ろのタイヤのひとつに刺さり、プシシシュ――――ッ！　という長い音とともに、パンクした。

「聞こえましたか？　パンクです」ペッピーノ・コンパニョーニは声を張りあげた。

「これは、タクシー料金に上乗せさせていただきます」

「払うさ、払うとも」アルデバラン星人は答えた。

「今度こそ、正確な分量を飲んでもらえたんでしょうね。また別の未開の惑星に漂着するのはごめんですからね」

困ったことに、例の物質を大慌てでのみこんだアルデバラン星人は、正確な量をはかることができなかった。そのため宇宙タクシーは、アルデバラン星を探しあてるまでに、銀河のあちこちをしばらくのあいだ飛びまわらなければならなかった。

やっとのことでアルデバラン星に到着すると、その星があまりに美しく、アルデバラン星人はみなとても親切で、おまけに青のリゾット（その星の名物料理だった）は頰《ほ》っぺたが落ちるほどおいしかったので、ペッピーノ・コンパニョーニは、そんなに慌ててミラノに帰る必要もなくなった。

けっきょく、次から次へとすばらしいものを見学しながら、十五日間も滞在した。見たもの聞いたものすべてをメモし、地球に戻ると、それを一冊の本にまとめて出版した。二百枚の写真入りだ。その本は九十七か国語に翻訳されただけでなく、ノーベル賞まで受賞。こうしてペッピーノ・コンパニョーニは、太陽系のなかでもっとも有名なタクシー運転手兼作家兼探検家となったのだった。

●●結末　その2●●

タクシーは離陸した。追いかけてくる矢よりもスピードが速かったので、間もなく危機を脱することができた。

「どうやら、お客さんもあまり宇宙のことには詳しくないようですね」と、ペッピーノが言うと、

「いいから、君は運転したまえ」と、アルデバラン星人がつぶやいた。「その他のことは、このわたしに任せるのだ」

「それはありがたい。ただし、正確な判断をお願いしますよ」

それから数分のあいだ、二人は光速（プラス時速一メートル）で宇宙をさまよい、測りきれないほどの距離を移動しまくった。あげくの果てにたどりついたのは……なんとミラノのドゥオーモ広場だったのだ。

「いまいましい！　また間違えた！」アルデバラン星人は二十四本の指で髪をかきむしりながらわめいた。「もういちど出発するぞ！」

「いや、けっこうです」タクシー運転手は地球に飛びおりると、必死で言った。「わたしはここでじゅうぶん居心地がいい。どうしてもというのなら、車を持っていってても構いません。ただし、そんなひどい仕打ちをする前に、じっくり考えていただきたい。わたしは、この四輪車以外に、子どもたちを養う手段《すべ》がありませんので」

「仕方ない、歩いていくとするか」と、アルデバラン星人はつぶやいた。

そしてタクシーから降りると、例の「青いチョコレート」をかじり、姿を消してしまった。ペッピーノ・コンパニョーニは、家に帰る途中でカフェに寄り、ショックをやわらげるためにグラッパを一杯あおったのだった。

●●結末　その3●●

三つ目の結末は、すべて語るにはあまりに長すぎるので、あらすじだけを話すことにしよう。タクシーの運転手とアルデバラン星人は、巨大メンドリの捕虜にされ、卵の中に閉じ込められてしまったのだ。二人は、その卵に乗って逃げだすことに成功し、アルデバラン星人は自分の惑星に帰ることができた。ペッピーノも、空飛ぶ卵と、たっぷりの量の「青いチョコレート」をもらって、ぶじミラノに戻ることができた。そして、宇宙旅行代理店をオープンし、地球＝火星＝土星の往復タクシー路線を開通させた。同時に養鶏場もオープンし、かわいらしいサイズだが、オムレツにすると他のどんな卵にもかなわないほどおいしい卵を売りだしたのだった。

16

ティーノの病気

La malattia di Tino

あるところに、ビアンキという名の会計士がいた。彼の職場は銀行。妻のローザとのあいだに、生まれて数か月の男の子があった。くりくりとした利発そうな目に、くるりと巻いた黒い前髪の、ほんとうにかわいい男の赤ちゃんだ。ジョヴァンニ・バッティスタという名前をつけたが、まだ小さな子どもには長すぎるように思えたので、ビアンキ夫妻は「ティーノ」と呼んでいた。

そのうちに最初の誕生日が過ぎ、二回目の誕生日が来た。ところが三回目の誕生日が来る前に、あまり聞いたことのない病気の症状がティーノに現れた。最初の徴候はこうだった。

その日ローザ夫人が買い物から帰ってくると、ティーノはカーペットの上にうずくまり、一人さびしそうにゴム製の馬の玩具《おもちゃ》で遊んでいた。その姿を見た夫人は、不意に胸がきゅっと締めつけられるのを感じた。ティーノが……そう、目の前にいるティーノがとても小さく感じられたのだ。待っててねと言って出掛けたときのティーノよりも、もっと小さくなった気がしたのだ。

ローザ夫人は慌てて駆けより、名前を呼びながら抱きあげ、撫でてやった。幸い、それは夫人の思い違いで、ティーノはいつもと変わらぬティーノだった。体重も減っていないし、背の高さも同じ、ゴム製の馬を床にたたきつけながら活発に遊びだした様子も、いつもとまったく変わらなかった。

別のある日、ビアンキ会計士とローザ夫人は、ティーノを少しのあいだ客間で一人にした。しばらくして戻ってきた二人は、同時に叫んだ。

「ティーノ！」

「ティーノ！」

するとティーノは顔をあげ、にっこり笑った。ほっとため息をつくローザ夫人。

「ああ、神様。驚いた……」

「僕もだよ」

「急にティーノが、前よりも痩せて小さくなった気がして……」

「僕は、一瞬、あの子がまるで人形のように小さく見えた」

「いったいどういうことなのかしら」

「二人一緒に同じことを感じたなんて、おかしな話だ……」

「このあいだも同じようなことがあったのよ。市場から帰ってきたら、あの子が隅っこで一人で遊んでて、その姿がなんだか小さく見えたの。あまりに小さくて……」

その日はとりあえず、気のせいだということで安堵したが、同じような出来事がもういちど、さらにもういちどと繰り返された。

そこで、当然のなりゆきとして、夫妻はティーノを医者に診《み》てもらうことにした。医者はティーノを診察し、身長や体重を測り、三十三《トレンタトレ》と言わせ、咳ばらいをしてみるように言い、スプーンのようなもので喉の奥を診て、こう結論づけた。

「お子さんは、元気そのものですよ。健康だし、丈夫だし、問題ありません」

「ですが、先生……」

「ですが、とおっしゃられても……。では、ひとつ実験をしてみましょう。お子さんを一人にして、しばらくのあいだ三人とも部屋から出るのです。そして、何が起こるかじっさいに確かめてみてはいかがでしょう」

さっそく三人は診察室を出て、ドアの向こうから耳を澄ませて物音を聞いていた。だが、なんの音も聞こえない。ティーノは泣きもしないし、歩きまわる気配もない。

中にいるのかさえわからないほどだった。

しばらくして診察室に戻った三人は、同じ光景を目にした。ティーノが小さくなっていたのだ。小さく……とても小さくなったティーノ。だが、それはほんの一瞬のことだった。父親と母親と医者の姿を見たとたん、ティーノはたちまち元の姿に戻った。健康で、元気いっぱいで、年の割には背の高い、かわいい男の子に。

するとと、医者が言った。

「なるほど、わかりました。これは病気というわけではありませんが、とても珍しいケースです。同様のケースは、百年前のアメリカで一件報告されているだけで……」

「何が問題なのでしょう」ビアンキ会計士が訊ねると、

「重い病気なのですか？」と、ローザ夫人が畳みかけてくる。

「重いというわけではありません。言ってみればまあ……」医者は言葉を濁した。

「まあ、どういうことなのです？」

「先生、おっしゃってください。どうか私たちをじらさないで……」

「お二人とも、落ちついてください」と医者は言った。「それほど気をもむ必要はありません。この子にはいつも誰かがそばにいてあげる必要があります。一人になると、小さくなってしまう。ただそれだけの話です。いっしょにいる人を必要としているのです。おわかりですか？」

「ですが、私たちはこの子を一人にしたりしません」

「一人にしたとしても、ごくたまに……」

「わかっています。そういうことではなくて、子どもというのは、同じ年ごろの子どもたちと過ごす必要があるのです。おわかりですかな？　きょうだいだとか、友達だとか……。幼稚園に入れるか、あるいは遊び友達を見つけてあげたらいかがです？」

「わかりました、先生」

「ありがとうございます。それで、この子はこれからもずっと、このままなのでしょうか」

「奥さん、どういう意味です？」

「つまり、大きくなってからも、他の人といつもいっしょにいないと、また小さくなってしまうのでしょうか」

「その時になってみないとわかりませんね」医者は、両手を天にかざして答えた。

「ですが、たとえそうだったとしても、なにか悪いことがありますかな？」

ビアンキ会計士とローザ夫人は、小さな――いや、先ほども言ったとおり、もはやそれほど小さくはない――ティーノを家に連れて帰った。そして、以前よりもさらに熱心に面倒をみるようになった。やがて、ティーノには弟ができ、幼稚園、そして学校へ通うようになり、あらゆる意味ですくすくと成長した。背も伸び、賢くなり、活発になっていったのだ。文字通り、誰にでも好かれるよい子だった。喧嘩をしかけることがないばかりか、喧嘩をしている人たちをみると、仲裁に入った。やがて青年になり、大学にも通うようになった。

すでに二十歳になっていたある日、ティーノは自分の部屋で勉強をしていた。ふだんは誰かしら友達と勉強していたが、その日は一人きりだった。それを知ったビアンキ会計士とローザ夫人は、同じことを思いついた。

「様子を見てみようか」

「そうねえ、あれから何年も経っているから……」

「よし、見にいこう。確かめてみようじゃないか。まさかもう……」

そこで二人は、爪先立ちで息子の部屋まで行き、交替で鍵穴からのぞいてみた。すると……

●●● 結末　その1 ●●●

部屋の中をのぞいたビアンキ夫妻は、互いに肩を抱き合い、泣きだしてしまった。

「かわいそうなティーノ！」

「かわいそうな息子！」

「まだ治ってなかったんだ。これからも治るまい……」

というのも、ティーノはいきなり三、四歳の幼児のように小さくなってしまっていたからだ。大学生の若者らしい顔つきだったし、長いズボンをはき、グリーンのセーターを着ていたが、背丈はまるで幼子のように小さかった。

「やっぱりダメか」ビアンキ会計士はため息をついた。「たとえ一分でも、あの子を一人にすることはできない」

「やっぱりダメね」ローザ夫人はむせび泣いた。「私たちの育て方が悪かったのかもしれないわ。ビタミンが不足してたのかも」

「どうしたらいいでしょう」夫妻は、なるべく早く答えが聞きたかったので、医者に電話で相談した。

「まあ、そんなにがっかりしなさんな」と、医者は答えた。「対策はあります。よい娘さんと結婚させるのです。子どもが生まれれば、朝から晩までまとわりついて離れませんから、小さくなる危険もなくなるでしょう」

「たしかにそうですね！」ビアンキ会計士は大喜びで声をあげた。

「たしかにそうですわ！」ローザ夫人も、踊りださんばかりだった。「それくらいのこと、どうしてこれまで思いつかなかったのかしら！」

結末　その2

部屋の中をのぞいたビアンキ夫妻は、互いに肩を抱き合い、嬉し泣きに泣いた。

「ああ、よかった！」

「なんてステキなの！」

「少しも小さくなってないぞ」

「完全に治ったのね！」

というのも、ティーノは一センチたりとも、一ミリたりとも背丈が縮んではおらず、ドアの陰で両親たちが大騒ぎをしていることなど露知らず、穏やかに勉強を続けていたのだ。

もはやティーノは多くの友達に囲まれ、日々の生活に結ばれているたくさんの絆があり、いろいろな計画や希望、やりたいことが山ほどあった。一人の時にもこのようなつながりを心に抱き続けているからこそ、人はけっして一人ぼっちにはならないものなのだ。

●●● 結末　その3 ●●●

かわるがわる鍵穴から部屋の中をのぞいたビアンキ会計士とローザ夫人は、目を大きく見ひらき、言葉をのんだまま、六十秒ほどその場に立ちつくした。

「これはいったい……」

「まさかこんなことがあるなんて……」

「ローザ、頼むからコーヒーを淹《い》れてくれ。思いっきり濃いのをな」

「ええ、私も飲んだほうがよさそうね。こんなことって……」

「見たことも聞いたこともない出来事だ……」

二人は、いったい何を見たのだろうか。

じつは、ティーノの背丈が、ふだんの倍に伸びていたのだった。天井に頭をぶつけないように腰をかがめ、手足は、まるでキリンの脚のように長い。それでも、本人はそんなことにまったく気づかない様子で勉強に集中し、巨大になった手で、楊枝のように小さく見える鉛筆を握ってノートをとっていた。

「今度は逆の症状が出るようになったらしい」ビアンキ会計士はため息をつき、熱いコーヒーに吹きかけた。

「ほんとうに見あげた子だこと」ローザ夫人がつぶやいた。

17

テレビの騒動

Avventura con il televisore

ある晩、ヴェルッチ氏が仕事を終えて帰宅した。このヴェルッチ氏、おそらく郵便局の職員だったと思うが、べつに歯医者でもかまわない。皆さんで自由に、どんな人か想像してもらえばいいのだ。口髭を生やすのもよし、あご鬚でもよし、もちろん、両方生やしてもいい。ついでに、どんな服を着て、どんな歩き方をし、どんなふうに喋るのかも想像してみよう。いまこの瞬間、彼は独り言をつぶやいている。なんと言っているのか、こっそり聞いてみることにしよう。

「家だ、やっと家に帰れる……。おお、愛しの我が家、おまえがどんなに小さくても、ラララ……♪　ああ、勘弁してくれ。まったく、くたくただ。そのうえ、この混雑。この渋滞。家に帰ってドアを閉めさえすれば、あの人ともこの人ともおさらばだ。みんな外に閉め出してやる……。家のドアを閉めたら、全世界が外に遮断されるのさ。それくらいの自由は許されているはずだ。バタン……これでよし。一人だ。やっと一人きりになれた……。なんてすばらしいんだ。その一、ネクタイを外す。その二、スリッパに履きかえる。その三、テレビをつける。その四、ソファーに座って、足元に台を置き、煙草を……。おお、なんて気持ちがいいんだ。なんてったって一人きりだ。ひと……えっ？　あなたは誰です？　どこから来たのですか？」

若くて美しい女性が、ヴェルッチ氏に向かって優しく微笑んでいた。ついさっきまで確かにいなかったはずなのに、いまはそこにいて、胸元のネックレスをいじりながらこちらに向かってにっこり笑っている。

「私が誰だかわからないのですか？　テレビのアナウンサーですよ。いま、テレビのスイッチを入れましたよね？　だから、こうして飛んできたのです。最新のニュースをお伝えしないと……」

ヴェルッチ氏は、抗議した。

「ちょっと待ってください。あなたは、テレビの中にいるべきなのに、私の家の、私のソファーの上にいるのですよ」

「失礼ですが、それがどうかしたのですか？　テレビの中にいようが、お宅にいようが、あなたに向かって話していることには変わりないでしょう」

「しかし、どうやってここまで来たのです？　ちっとも気づきませんでした……。まさかこっそり忍びこんだんじゃないでしょうね？」

「お願いですから、あれこれ詮索しないでください。テレビニュースをお聞きになりたいのでしょ？」

ヴェルッチ氏はそれ以上、逆らわないことにした。

「なんだか納得できませんが、とりあえずお好きになさってください」

その美しい女性は、コホンと咳払いをして声を整えた。

「では始めますね。『レディング監獄から脱走した凶悪な強盗の捜索が、イギリス全土で続いています。警察署長の話では、強盗は森に潜伏していると思われるということです……』」

そのときヴェルッチ氏は、テレビから来るのでもなく、アナウンサーの声とも違う声が、頭の後ろあたりの、はっきりどことはわからないあたりから聞こえたような気がした。その声はこう言った。

「そんなのデタラメだ！」

ヴェルッチ氏はぎょっとして飛びあがった。「誰です？　いましゃべったのは誰なんです？」

「強盗に決まっていますわ」アナウンサーが動じることなく言った。「この家のソファーの陰に隠れていたのですよ」

「デタラメだ！」その声は同じことを言った。「俺がどこに隠れてるか、教えてやるものか」

ヴェルッチ氏はすっくと立ちあがり、声のする方に向かってどなった。

「どういうつもりですか！　おまけに武装までして！　強盗が我が家に入り込むなんて！　正気の沙汰《さた》とは思えない！」

「俺をここに呼んだのは、そっちだろう」隠れ場所から出てきた強盗は言った。

「私が？　そいつはおもしろい。この私が強盗を家に招いて、いっしょに一杯飲もうなんて言うわけがない」

「そういえば、あるかい？」

「何がです？」

「一、杯さ」

「ずいぶんと厚かましい強盗だなあ。だいいちに、私はあなたのことを知らないし、私の意志に反して勝手に現れた。お嬢さん、あなたが証人です」

「いいえ、ヴェルッチさん」アナウンサーは答えた。「ご期待にそえなくて申し訳ありませんが、私は証人にはなれません。テレビをつけたのはあなたですし……」

「ということは、強盗も……」

「もちろんです。私と同様、テ、レビからこの家に入ってきたのです」

「そんなことより、一杯飲ませてくれるのか？　くれないのか？」

「飲ませないなんてそんな……」ヴェルッチ氏は言った。「どうぞ、おくつろぎください。ご自分の家だと思ってもらってかまわない。どうせ、私はこの家ではなんの権限も持っていないようですし……。私の家ではあっても、何も決める権利はない。ドアに鍵をかけ、窓には鎧戸《よろいど》を降ろしているというのに、見ず知らずの人たちが自由に出入りし、好き勝手なことをしている……」

「たかがグラス一杯で、ずいぶん大げさな奴だ」強盗はあきれている。

「ニュースの続きを読みますか？」アナウンサーが訊ねると、ヴェルッチ氏は答えた。

「ぜひお願いします。この話の結末がどうなるのか、知りたいものだ」

そこで彼女は、アナウンサーらしい感情を押し殺した声で、ふたたび読みはじめた。

「セマンティア軍を指揮するボーロ将軍は、プラナヴィア共和国に対する攻撃を早急に再開し、戦争の終結はクリスマス以降になるだろうと宣言しました」

そのとき、クローゼットのドアが勢いよく開き、さらに別の声がした。

「そのニュースには不正確な部分があるぞ」

ふたたびぎょっとして飛びあがるヴェルッチ氏。

「なんですって？　ああ、言わなくてもわかります。あなたはボーロ将軍ですね。クローゼットの中で、何をしていたのですか？」

「君には関係のないことだ」将軍は答えた。

「そうかもしれませんが、それでも確かめずにはいられない」

そう言うなり、ヴェルッチ氏は行動に出た。

「爆弾……クローゼットに爆弾……私のクローゼットにですよ！　あなたの戦争が私にどんな関係があるのか、説明していただきたい」

ボーロ将軍はけたけたと笑った。

「いいかね、君。私の使命はセマンティア軍を指揮し、プラナヴィアの領地を占領することなのだ。君の質問に答えることではない。今、そこのお嬢さんにも言ったところだが、私の宣言はしっかりと伝えられていないようだ。私の使った言葉は、正確にはこうだ。『戦争はクリスマス前に終結する。我が軍は、全プラナヴィア人を一人残らず撃ち殺し、町を焼きはらい、畑を砂漠と化すのだ』」

そこへ強盗が口をはさんだ。

「今の話を聞いたか。なんという残虐行為。それなのに、俺のような行き場のない哀れな強盗がイギリス中で追いまわされる。俺とこの将軍、どっちが真の悪党なのか知りたいものだ」

「とにかく、私は……」ヴェルッチ氏の怒りが爆発した。「皆さんがいつこの家から出ていってくれるのか、知りたいものです。お嬢さん、あなたも、そして強盗さん、あなたも、それに将軍どの、あなたもです。ここは紛れもなく私の家で、私は一人になることを望んでいるのです！　あなた方のすることも、あなた方の言うことも、私にはまったく興味がない。こうなったら、ドアから出ていっていただくいい方法があります。警察を呼んで、住居侵入罪で訴えてやる。いいですね？　ついでに機動隊や消防車も呼びましょう。この家の主《あるじ》は私か、そうでないのか、はっきりさせようじゃないですか。はっきりと……」

そのあいだにも、アナウンサーがニュースを読むにつれ、ヴェルッチ氏の家——その唯一の持ち主はヴェルッチ氏であり、彼はそこで邪魔されずに一人になれることを心から望んでいた――が、さまざまなタイプの人で埋めつくされていった。飢える群衆、行進する軍隊、演説中の政治家、悪天候のため足止めされている車の運転手、トレーニング中のスポーツ選手、ストライキを起こした工場労働者、爆撃命令を受けた飛行機……。

話し声、叫び声、歌声、そしてありとあらゆる言語での罵声が、騒音や爆発音と混じり合い、大音響となった。

「やめてくれ！」ヴェルッチ氏は叫んだ。「裏切りだ！　住居侵入だ！　お願いだからやめてくれ！」

結末　その1

そのときふいに、玄関からすさまじいベルが鳴り響いた。

「誰ですか?」

「警察だ！」

天の声の主《ぬし》は警官だった。爆発音に驚いた近所の人が呼んだらしい。

「皆の者、動くな！　手を挙げて身分証明書を見せるんだ！」

「ああ、助かった」ヴェルッチ氏は、お気に入りのソファーに身を投げだすと、安堵の息をついた。「どうもありがとうございます。どうか、全員を連行してください。もう誰の顔も見たくない。あやしい連中ばかりです」

「こちらのお嬢さんもですか？」

「もちろん、彼女もです。まったく、なんの権利があってこんな騒がしい連中を我が家に連れてきたのか」

「わかりました、ヴェルッチさん」警察の指揮官が言った。「あなたにはプライバシーを守る権利があります。全員を留置所に連れていくことにしましょう。ついでにコーヒーでもお淹れしましょうか？」

「いいえ、けっこうです。自分で淹れられますから。ただし、カフェイン抜きのコーヒーですがね。でないと、眠れなくなってしまいます」

●●● 結末　その2 ●●●

そのときふいに、ヴェルッチ氏は叫ぶのをやめた。よいアイディアを思いついたのだ。漫画だったら、ミッキーマウスやスーパーマンの頭の横で電球がともるようなタイプの名案だ。

ヴェルッチ氏は、好奇心とともに彼の一挙手一投足を見守っているおおぜいの人びとに笑顔を返しながら、なにげなくテレビに近づいた。そして、最後にもういちど微笑むと、自分の動作が誰にも邪魔されないことを確かめたうえで、すばやく正確な動きで、テレビをパチンと消したのだ。

画面の明かりがすべて消えるのと同時に、まず女性アナウンサーが姿を消した。続いて、一人また一人と、強盗や将軍、歌手やスポーツ選手、軍隊や民衆がみな姿を消していった。なんとかんたんなことだろう。

テレビを消しさえすれば、世の中は目の前から姿を消し、窓の外に留まってくれる。そして、一人の静かな世界を邪魔されることはないのだ……。

ようやく自分の家の主《あるじ》に戻ったヴェルッチ氏は、にっこりと自分に微笑みかけると、パイプに火をつけた。

●●● 結末　その3 ●●●

そのときふいに……ヴェルッチ氏は叫ぶのをやめ、途方に暮れた。

理解したのだろうか？

そう、理解したのだ。

いったい何を？

たとえ家のドアを閉めても、世の中の出来事を、人びとを、彼らの苦悩を、彼らが抱えている困難を、閉め出すことはできないのだということを。

近くだろうが離れていようが、この地球上に……万人にとってたった一つしか存在しない、人類の共通の家であるこの地球上に、泣いている人や、苦しんでいる人や、死んでいく人がいることを知りながら――テレビのスイッチを入れさえすれば、いやおうなしに知ることができる――人生の喜びを心から味わえる人なんて、いやしないのだ。

18

大きなニンジン

La grande carota

これは、世界でいちばん大きなニンジンの話だ。これまでにもいろいろな形で語られてきたが、本当のところは、このような顚末だったのではないだろうか。

ある日、一人の農夫がニンジンの苗を植えた。しかるべき方法で栽培し、すべき世話はすべてしたうえで、ちょうどよい季節を待って、畑に行って地中からニンジンを抜きはじめた。しばらく作業を進めたところで、ほかよりも大きなニンジンがあった。必死になって引っぱったが、びくともしない。百通りの方法を試してみたものの、なす術《すべ》もなかった。仕方なく、奥さんを呼ぶことにした。

「ジュゼッピーナ！」

「どうしたの、オレステ？」

「ちょっと来てくれ。このいまいましいニンジンめ、どうにも抜けないんだ。ほら、見ておくれ……」

「ずいぶんと大きいようだね」

「こうしよう。わしがニンジンを引っぱるから、おまえはわしの上着を引くんだ。わかったかい、しっかりつかむんだよ。準備はいいかい？　引っぱれ！　ほら、力を合わせて……」

「上着が破れたら困るから、おまえさんの腕を引くことにするよ」

「わかった。じゃあ、そうしてくれ。引っぱるぞ！　ダメだ、びくともしない。息子を呼んでくれ。わしはもう、息切れがして声も出せない」

「ロメオ！　ロメオ！」農夫の奥さんは、息子を呼んだ。

「母さん、なんだい？」

「ちょっとおいで。ほら、急いで」

「宿題をしないといけないんだ」

「宿題はあとにして、手伝ってちょうだい。どうしても抜けないニンジンがあるのよ。母さんは父さんのこっちの腕を引っぱるから、あんたは向こうの腕を引いて、父さんがニンジンを引っぱるの。そしたら抜けるかもしれないでしょ？」

　農夫は、両方のてのひらにペッ、ペッと唾を吐いた。

「二人ともいいか？　よし、いくぞ！　引っぱれ！　うんとこしょ、どっこいしょ！

なんてこった、びくともしない」

「これは、世界でいちばん大きなニンジンにちがいないわ」と、奥さんは言った。

「おじいちゃんも呼ぼうか？」とロメオが提案した。

「そうだな、呼んでくれ」と農夫は言った。「わしは息切れがして声も出せない」

「おじいちゃん！　おじいちゃん！　ちょっとこっちに来て！　急いでよ！」

「急ぐさ、急ぐとも……わしなりのやり方でな。おまえぐらいの年ごろには、わしだって走れたんだが、今となってはもう……。なんの用だね？」

おじいさんは、仕事にかかる前に早くもぜいぜいと息を切らしていた。

「世界でいちばん大きなニンジンがあるんだ」と、ロメオは言った。「三人ではとても抜けないから、おじいちゃんもちょっと手を貸して」

「手なら、一本だって二本だって貸してやるとも。どうすればいいのかね？」

「あのね」と、ロメオは言った。「おじいちゃんが僕の腕を引っぱって、僕が父さんのこっちの腕を引っぱって、母さんが父さんの向こうの腕を引っぱって、父さんがニンジンを引っぱるんだ。それでも抜けなかったら……」

「よし、任せろ。だが、ちょっと待っておくれ」と、おじいさん。

「パイプを石の上に置いておくんじゃ。いちどに二つのことはできんからな。パイプをくゆらすか仕事をするか、どちらかだ。そうじゃろ？」

「何してるの？」

「さあ、始めるぞ」と、農夫が声をかけた。「みんな、しっかりつかまったかい？準備はいいな？　行くぞ！　引っぱれ！　さあ！　せーの！　引くんだ！」

「うんとこしょ、どっこいしょ！　うんとこしょ……」

「あちちち……助けてくれ！」

「おじいちゃん、どうしたの？」

「見てのとおり、足を滑らせて転んじまったよ。おまけに、パイプの上に尻もちをついた」

かわいそうに、おじいさんはズボンの尻をこがしてしまった。

「まったく歯が立たない」と農夫は言った。「ロメオ、隣のアンドレアのところへ行って、手を貸してくれるように頼んできてくれ」

ロメオは、少し考えてから言った。

「奥さんと子どもも連れてくるように言おうか？」

「そうだな。そうしてくれ」と農夫は答えた。「まったく、なんてニンジンなんだ……。新聞に載りそうな大きさだ」

「テレビ局でも呼びましょうよ」と奥さんが提案したが、それをまともに聞く者はいなかった。

「なにがテレビ局だ」農夫はぶつぶつ言っている。「それより、もっと人を呼んで引っぱるのを手伝ってくれ」

その後のことをかいつまんで話すと、隣からアンドレアがやってきて、奥さんがやってきて、二人の子どもまでやってきた。子どもはまだ五歳で、たいした腕力はなかったが……。

そのあいだにも村に噂がひろまり、おおぜいの人ががやがやと喋ったり、笑ったりしながら畑に向かっていた。

「ニンジンなんてとんでもない。きっとクジラに決まってる」と一人が言った。

「だけど、クジラは海にいるものだろ?」

「全部が全部、海にいるとはかぎらんよ。このあいだ、市場に一頭いたぞ」

「あたしは本の中で見たことがあるわ」

野次馬たちは、たがいに声をかけあっていた。

「ジェロラモ、お前も引っぱれよ。お前はたくましいんだから」

「俺はどうもニンジンが嫌いでね。ジャガイモのほうがよっぽどいい」

「それを言うなら、わたしは聖ヨゼフの日に食べるドーナツが大好き」

やいのやいのと皆で好き勝手なことを言い、繰り返しニンジンを引っぱっているうちに、だんだん太陽が沈みだした……。

結末　その1

ニンジンは抜ける気配がない。

村じゅう総出で引っぱったが、びくともしない。

近くの村々から人が集まってきたが、それでもダメ。

遠くの村からも人がやってきたが、やっぱり最初とまったく変わらない。

最終的に、その巨大なニンジンは地球を突き抜けて、反対側まで到達していることがわかった。しかも地球の裏側では、別の農夫と別のおおぜいの人びとが、必死になって抜こうと引っぱっている。要するに、大掛かりな綱引きのようなもので、けっして勝負がつくことはなかった。

結末　その2

思いっきり引っぱっているうちに、すぽんと何かが抜けた。だが、それはニンジンではなく、カボチャだった。カボチャの中には、七人の小人の靴職人がいて、修理台の上に座って靴底を打っている。

「まったく何さまだと思ってるんだ?」小人たちが抗議している。「僕たちの家と店を横取りする権利は、あんたたちにはないはずだ。すぐに地下に戻してくれ」

人びとは驚いて、われ先にと逃げて行った。

みんな逃げたあとに、おじいさんだけが一人残された。おじいさんは、小人たちに言った。

「マッチを持ってないかい?　パイプの火が消えちまってね」

こうして、おじいさんと小人たちは友達になった。

「なんだか、こっちまでカボチャの中に住んでみたくなった。わしのスペースもあるかい？」

すると、遠くからロメオが大声を張りあげた。

「おじいちゃんが行くんだったら、僕も行くよ！」

それを聞いた母親も、大声を張りあげた。

「ロメオ！　あんたが行くのなら、わたしもいっしょに行くわ！」

それを聞いた農夫も、大声を張りあげた。

「ジュゼッピーナ！　おまえが行くなら、わしも行くぞ！」

小人たちは怒りだし、カボチャを抱えて地面の奥深くにもぐってしまったということだ。

●●● 結末　その3 ●●●

みんなで懸命に引っぱる。団結は力なり。ニンジンは一センチずつ頭を出しはじめ、最後にようやく抜けた。あまりに大きいので、市場まで運ぶのに、二十七台のトレーラートラックと、一台の三輪自動車が必要だった。

人が心をひとつにし、他人への思いやりを持って事に当たれば、この世の中に不可能なことなどひとつもないはずだ。

19

ポケットの百リラ

Cento lire in tasca

昔あるところに、日々の生活にも困るほど貧しい三人の兄弟がいた。ある日の晩、夕ごはんも食べないままベッドにもぐりこもうとしていたところで、いちばん上の兄が言った。

「弟たちよ。このままでは暮らしていけない。うちの畑は小さすぎて、三人分の食糧はとてもまかなえない。俺は明日、旅に出る。世界の各地を歩きまわって、幸運をつかむんだ。幸運をつかんだら、この家にもどり、みんなで豊かな暮らしをしよう」

翌朝、いちばん上の兄は家を出た。歩きに歩いて、やがてあたりが暗くなってきたが、それでも歩きつづける。

ようやく森の奥の宿屋に行き着いた。そこで、わずかばかりのパンとチーズで夕食をすませると、大部屋に泊まることにした。空いているベッドはひとつしかなく、それ以外のベッドはどれもふさがっていて、誰かしら眠っていた。彼もすぐにベッドに入り、眠りについた。

農夫というものは、夜明け前に目覚める習慣が身体に染みついているので、翌朝も、長兄は早い時間に目が覚めた。手早く服を着ると、勘定を済ませ、宿を出た。ずいぶん歩いたところで、洟《はな》をかみたくなった。ポケットに手を入れると、思わず笑みがこぼれた。

「おや！　これはなんだ……？　百リラ硬貨だぞ。俺はいまだかつてズボンのポケットにしまうような金を手にしたことはないというのに……。そうか、わかった。このズボンは俺のじゃないんだな。まだ暗かったから、間違えて他人のズボンをはいてきちまったにちがいない。まあ、どちらのズボンも値打ちはたいして変わらないだろう。要するにどっちも安物ってことだ。だったら、わざわざ戻って取り替えるまでもあるまい……。おや、まだポケットに何か入っているぞ。百リラ硬貨がもう一枚……。さっきは一枚しかなかったような気がしたんだが……。二度あることは三度ある。三枚目が見つかるか探してみよう……。おお、あったあった。全部で三百リラだ。これでもう、今日一日分の稼ぎを手に入れたことになるぞ」

一日分の稼ぎどころか、兄がポケットに手を入れるたびに新たな百リラが見つかるのだった。彼は飽きもせずに何度も何度も手を入れ、一枚、また一枚と硬貨を取りだした。もはや硬貨がうずたかく積みあがっていたが、ポケットのほうも、飽きもせずに新たな硬貨を次々と出してくれた。兄は喜びのあまり我を忘れ、ものすごいスピードで走りだし、二時間もすると家に帰り着いた。

「弟たちよ！　弟たちよ！　俺は幸運をつかんだぞ！　これを見てくれ！」

「本当だ。ものすごいたくさんの硬貨だ！」

「もっと増やすこともできるんだぞ。いくらでも欲しいだけな」

「硬貨をつくる機械でも手に入れたの？」

「まさにその通り。夢のような機械で、しかも単純なんだ。ほら、百リラ、百リラ……。もう百リラ……」

「すごいね、兄さん」二番目の兄が言った。「でも、俺たち弟二人が兄さんに養ってもらうのは、いいことじゃないと思う。明日の朝、俺も幸運をさがす旅に出るよ。兄さんに見つけられたんだから、俺にだってきっと見つかると思うんだ。そうしたら、三人で豊かな暮らしをしよう」

こうして次の日、二番目の兄も歩きだし、長兄と同じ宿にやってきた。長兄と同じ大部屋で眠り、翌朝、目覚めると、近くで眠っている旅人のズボンをはき、宿を出た。

ずいぶん歩いたところで立ちどまり、ポケットの中を探ってみた。

「さて、俺も幸運にめぐまれたかどうか見てみよう。このポケットは……空っぽだ。こっちのポケットには何か入ってるけど……うーん、硬貨はなさそうだなあ。紙切れが入ってるだけだ。……おいおい、これは千リラ札じゃないか！　こっちのポケットにも入ってるか見てみよう……。あったぞ、ほら。もう一枚……。まだある。俺は金持ちだ！　金持ちになったぞ！」

そのとおり、ポケットは、いつだって千リラ札を出してくれた。二番目の兄が千リラ札を取りだすと、すぐにまた別の千リラ札がポケットの中にあらわれる。つまり、そのズボンもやはり魔法のズボンだったのだ。もちろん二番目の兄も長兄と同じように、喜びいさんで家に帰ってきた。そして、まだ家から遠く離れているうちから、大声で叫んだのだ。

「おい、兄さん！　俺も幸運に恵まれたぞ！　しかも、兄さんよりもすごい幸運にね」

「ほんとうだ。千リラ札のぶあつい束じゃないか！」

「しかも、好きなだけ増やせるんだぞ」

「ということは……」と、一番下の弟が言った。「二番目の兄さんもお金をつくる機械を見つけたんだね。だったら、明日は僕が世界を旅する番だ。兄さんたち二人が幸運に巡りあったんだから、きっと僕も巡りあえると思うんだ」

「まあ、お前まで旅に出る必要はあるまい」と、兄二人は止めた。「俺たち二人で、いくらでも必要な金がつくれるんだから」

「兄さんたちの優しさはありがたいけど、僕は二人の世話になって暮らすつもりはない。自分一人の力で運を開きたいんだ」

こうして末っ子も荷物をまとめると、歩きだした。歩いて歩いて、兄たちと同じ宿屋にたどりつき、夕食を済ませ、眠り、翌朝に目覚め……というところで、この話は終わる。その続きを考えるのは、みなさんだ。私は、次のような三つの結末を想像してみた。

結末　その1

いちばん下の弟は、ポケットに百万リラが入っているのを見つけた。取り出してみると、さらに百万リラ、また百万リラと入っている。こうなると、イタリア銀行の金庫よりも、ポケットのほうがよほど頼りになる。

家に帰ると、ブラスバンドと花火で盛大な歓迎を受けた。三人の兄弟は他人から妬《ねた》まれないように、村じゅうに富を分けたのだった。

彼らの魔法のズボンを盗もうと考える者は一人もいなかった。三人の兄弟は、百リラだろうが一億リラだろうが、欲しい人には惜しみなくあげたので、盗む理由などなかったのだ。

三人の兄弟はずいぶん前に死んでしまったが、今でもその村の博物館に行けば、かの有名なパストゥルファァツィエット将軍のサーベルの横に展示された、彼らのズボンを見ることができる。

結末　その2

いちばん下の弟は、ポケットの中に「いいかげんにしろ！　お前たち兄弟は、どこまで欲が深いんだ」と書かれた紙切れを見つけた。差出人の名前は、「スキナ・ヒトニ・ダケ・マホウノ・ズボンヲ・プレゼントスル・マホウツカイ」となっていた。

●●●結末　その3●●●

いちばん下の弟は、ポケットの中に百万リラが入っているのを見つけた。彼はそれをずだ袋にしまうと、もういちどポケットをのぞいた。また百万リラ入っている。

「このお金の持ち主が誰なのか、知りたいものだ。本当に僕にプレゼントされたものなのだろうか。相手が誰だろうと、何かを盗むのはごめんだ」

そこで、四段跳びで宿屋に戻り、片っぱしから訊ねてみた。

「間違えて僕のズボンをはいた人はいませんか？」

宿屋の客たちはみな、自分のはいているズボンを確かめた。なかには、どういうわけかジャケットとワイシャツまで確かめる人もいる。

ところが向こうの隅に、何も確かめようとせず、悠然と朝ごはんを食べている小柄な男がいた。よく見ると、まさにその男がいちばん下の弟のズボンをはいているではないか。

「すみません、これこれこういうわけなのですが、どうしましょうか」

男は、コーヒー牛乳をひと口すすったきり、押し黙っている。

「黙ってないで、なんとか言ってもらえませんかね？」いちばん下の弟が言った。

男はひと切れのパンにバターを塗ったきり、押し黙っている。

「あなたのズボンを返してもらいたくないのですか？」

「まったく、なんてやかましいんだ」とうとう男は怒鳴った。「静かに朝ごはんも食べられない。ほらよ、おまえのいまいましいズボンだ。とっとと持ってけ」

男はズボンを脱ぐと、荒々しくテーブルの上に置いた。いちばん下の弟は男のズボンを脱ぎ、自分のにはきかえ、宿を後にした。

何歩も行かないうちに、ポケットに手を入れてみた。すると、十億リラが入っているではないか。もういちど手を入れると、もう十億リラ。三度目に手を入れても、また十億リラ。とても正気の沙汰《さた》とは思えない。

20

旅する猫

Il gatto viaggiatore

あるとき、ローマからボローニャへ向かう列車に一匹の猫が乗りこんだ。列車に乗っている猫はときどき見かけるが、たいていがバスケットの中か、空気穴を開けた段ボール箱に入れられているものだ。もちろん、たまに誰のものでもない野良猫も列車に乗っていることがある。鼠を捕まえているうちに、使われなくなった車両の中に紛れこんでしまったのだ。いっぽう、これから話す猫は旅好きで、いつだって気ままに旅をしているのだった。

弁護士のように小脇に黒い鞄を抱えていたが、弁護士ではなく、猫だった。近眼の会計士のように眼鏡をかけていたが、会計士ではなく、視力にもまったく問題はなかった。伊達《だて》男のように粋《いき》なコートを羽織り、帽子をかぶっていたが、伊達男ではなく、猫だった。

この猫、一等車のコンパートメントに入り、窓のそばの空席を見ると、そこに座った。コンパートメントには、すでに三人の乗客がいた。妹に会うためにアレッツォに向かっていた婦人、商用でボローニャまで行く功労勲章受勲者《コンメンダトーレ》、どこに行くのかよくわからない若者である。そこへ猫が入ってきたことで、その場がざわついた。

　まず婦人が口をひらく。

「なんてかわいらしい猫なんでしょう。ニャーニャ、ニャーニャ、ニャーニャ。まるで人間のように、一人でご旅行ですか?」

「まさか蚤《のみ》を連れてはおらんだろうな」と、コンメンダトーレが言った。

「そんな、とっても清潔な猫じゃありませんか」と、婦人は猫を擁護する。

「そうはおっしゃいますが、奥さん、私は猫アレルギーなものでね。風邪をうつされるのが心配なのですよ」

「この猫、風邪なんてひいてないのだから、うつりっこありません」

「私は誰からでも風邪をうつされるんです、奥さん。風邪をひいてない人からもね」

「ニャーニャちゃん、あなたは飼い主さんに席をとっておくように言われたのね」

「ミャオ!」

「まあ、ずいぶんかわいらしい鳴き声だこと。いったいなんて言ったのかしら」

　すると、それまで黙っていた若者が口をひらいた。

「飼い主なんていないそうです。誰に依存することもない、自由な猫なのだと言ってます」

「それはおもしろいわね！」

「つまり、野良だということになるな」コンメンダトーレは疑り深そうな目を向けた。

「麻疹《はしか》でもうつされなければいいが……」

「麻疹ですって？」婦人は甲高い声をあげた。「猫は麻疹になんてかかりませんよ。それに、麻疹は子どもの病気です」

「お言葉ですが、私は子どものころにならなかったのです。大人になってから麻疹にかかると、重症になることはご存じでしょう」

そのあいだにも列車は走りだし、しばらくすると検札係がまわってきた。

「乗客の皆さま、切符を拝見させていただきます」

婦人はハンドバッグを開けた。

「困ったわ。切符……どこにしまったかしら……。待ってくださいね。たしかここにあるはずなんだけれど……。ああ、よかった。あったわ」

「ありがとうございます、奥さん。こちらの猫の分の切符は？」

「私の猫ではありません」

「旦那さん、あなたのですか？」

「とんでもない」コンメンダトーレは不機嫌そうに鼻息を荒くした。「私は、猫は大の苦手なのです。血圧があがってしまってね」

「僕の猫でもありません」若者は訊かれるよりも早く言った。「一人で旅をしている猫のようです」

「だとしても、切符がないことには……」

「寝てるんだから、起こさないであげてちょうだい。ほら、見て、かわいいでしょ？この愛らしい顔」

「愛らしいかどうかはともかく、切符にパンチを入れないと……」

「ニャーニャ、ニャーニャ」と婦人は猫を呼んだ。「ほら、猫ちゃん、いい子だから起きてちょうだい。あなたにご用だって人がいるのよ」

猫は、まず片ほうの目を開け、それからもういっぽうの目を開けて鳴いた。「ミャー、ミャー」

「偉そうに文句を言ってるぞ」コンメンダトーレは、猫の態度を批判している。「ふざけた奴だ。ずっと寝てるなら、寝台車で旅をすればいいじゃないか。そうだろ？」

「文句を言ってるわけではありません」若者が説明した。「すみません、ちょっとまどろんでしまって……と言ったのです」

「本当にまどろんでと言ったのかね？」

「ええ、洗練された言葉遣いが好きみたいですね」

「ミャオ、ミャオ」とまた猫が鳴いた。

「こんどはなんと言ったのかしら」と婦人が訊ねた。

「切符ならあります、と言っています」若者は通訳した。

「しっかり確認したほうがいい」コンメンダトーレは検札係に言った。「二等の切符で一等車に乗る人がいますからな」

「切符には問題ありませんね」

「ミャオ、ミャオ、ミャオ」猫が大きな声で鳴いた。

「そんな嫌味を言われた以上、本来ならば腹を立てるべきところですが、あなたの白髪に免じて許してあげます、と言っています」若者が説明した。

「白髪だって？　私は禿げておる！」

「ミャオ、ミャオ」

「禿げだということは見ればわかるけれど、もし髪が生えていたら、きっと白いでしょう、と言っています」

やりとりを聞いていた婦人は、ため息をついた。

猫の言葉がわかるなんて、すごいのね。どうしたらわかるようになるの?」

「かんたんです。注意深く聞いていれば、わかるものです」

「ミャオ? ミャオ?」

「まったく、なんておしゃべりな猫なんだ」コンメンダトーレがつぶやいた。「いっときたりとも口をつぐまない」

「こんどはなんて言ったの? ねえ、なんて言ったの?」

「煙草を吸ったら迷惑ですか、と訊いています」

「とんでもないわ、猫ちゃん。少しも迷惑じゃありませんよ。あら、まあ、私に煙草をくれるというのね……。火をつけるのも上手なこと! まるで本物みたい。つまり……本当の喫煙家みたいだわ」

「煙草を吸ってるのだから、とうぜん喫煙家ということになるだろう」コンメンダトーレは相変わらず屁理屈《へりくつ》を言っている。「まさか、ライオンハンターということもあるまい」

「ミャオ、ミャオ」

「今日はいい天気ですが、昨日はあまりよくなかった。明日も、今日みたいないい天気だといいですね。皆さんは遠くまで行かれるのですか？　ボクは家の用事でヴェネツィアまで、と言っています」

●●● 結末　その1 ●●●

じつは、その若者は腹話術を使える魔術師で、すべて彼の手品だったのだ。

●●● 結末　その2 ●●●

じつは、この猫は本物の猫でなく、猫型ロボットだったのだ。今度のクリスマスに発売される高級玩具だ。

●●● 結末　その3 ●●●

三つ目の結末は、まだ存在していない。だが、いつか本当に動物と会話できるようになったら素敵だろう。すべての動物とまでは言わないが、せめて猫とだけでも話がしてみたいものだ。

著者の結末

I finali dell'autore

魔法の小太鼓

結末その1は、あまり好きになれない。陽気で心優しかった鼓手が、いきなり山賊になるなんて、あり得るだろうか。結末その3は後味が悪い。悪気のない、ちょっとした好奇心の罰として魔法の効力を奪うなんて、意地が悪い気がするからだ。好奇心は悪いことではない。科学者たちが好奇心を失ってしまったら、なにも新しいものは発見されなくなるのだから。私は結末その2がいいと思う。

抜け目のないピノッキオ

結末その1は、間違っている。抜け目のないピノッキオが、大勢の人をだましたにもかかわらず、村の功労者として歓迎されるというのは理に適《かな》っていない。結末その2とその3、どちらとも決めかねる。その2はユーモアがあり、その3は手厳しい。

哀れな幽霊たち

結末その1はあり得ない。いまだに地球にそんな大勢の怖がりがいるとは思えない。その2は愉快だが、蛙星人がかわいそう。私はその3がいいと思う。結末がひらかれていて、さらに話を続けることもできるからだ。

吠え方を知らない犬

迷うことなく結末その3を選ぶ。本物の師匠とのめぐりあいは重要だ。サーカスの人気者となることよりも、日々のスープを手に入れることよりも、はるかに大切なことだろう。

砂漠にそびえる屋敷

結末その1は笑えるが、不条理だ。結末その2は素敵だが、信じがたい。プク氏は、他人の不幸に心を揺さぶられるようなタイプの人間ではない。いくぶん哀愁がただよっているものの、結末その3がいいだろう。

笛吹きと自動車

私は結末その3がいいと思う。理由は説明するまでもないだろう。

町に描いた円

その1は夢想家好みの結末で、その2は悲観論者好みの結末だろう。私は、結末その3がいいと思う。パオロが、自分のことを実際に必要としている人のために、美しくも抽象的な夢を犠牲にするところが好きだ。

ミラノの町に降った帽子

結末その1は平凡で、結末その2はあまりにも不可解だ。だから、その3がいいと思う。ただし、なぜ帽子の雨が降ったのかが説明されていない。とはいっても、ここだけの話、説明なんて果たして必要だろうか。空から降ってくる帽子は楽しげなイメージで、明るい希望を予言している。より危険な砲弾が空から降ってきませんようにという、祈りのイメージなのだ。

プレゼーピオに紛れこんだ余所者《よそもの》

結末その1には優しさが感じられない。その2は、白人になることをインディアンに強要しており、あまりに不当だ。したがって、その3の結末がいいと思うが、もちろん私の意見が必ずしも正しいとは限らない。

ドクター・テリビリス

正直なところ、どの結末を選ぶべきかわからない。私には、3つの結末どれもが愉快だし、教訓にも富んでいるように思える。皆さんはどうお考えだろうか。

夜の声

私は、結末その3がいいと思う。つまり、存在していない結末だ。少し悲しい終わり方だが、物語がすべて陽気なお祭り騒ぎで終わらなければいけないということもあるまい。

魔法使いジロ

結末その1には、後ろ向きな気がする。発展途上の国々が必要としているのは、魔法使いではなく、より恵まれた人びとからの助けなのだ。結末その2では、魔法使いが自分のことしか考えていないから、好ましくない。私は結末その3がいいと思う。人生をもう一度やり直そうという、魔法使いの心意気が好きだ。

リナルドの異変

結末その3が、ユーモアに満ちていて、いちばん理にも適っていると思う。その1の結末はあまりに甘ったるく、その2は後味が苦すぎる。

羊飼いの指輪

結末その1は、まずあり得ない。しがない盗賊たちが、そんな財宝を持っているなんて考えられない。結末その2は、冒険好きの楽観主義者たちが好きになるだろうし、その3は、悲観論者たちにもってこいだ。その2もその3も、さらに多くの物語や冒険につながる可能性を秘めている。

星へ向かうタクシー

私は、卵が好きだから、結末その3を迷うことなく選ぶ。この結末にはあらすじしか書かれていないので、ぜひ皆さんに詳細を書いてもらいたい。

ティーノの病気

結末その1はなかなか愉快だと思う。その3は突拍子もない。その2がいちばんいいように思う。たしかに、ここに書かれているとおり、多くの友を持つ者は孤独も苦にならないものだ。

テレビの騒動

議論するまでもなく、結末その3がいちばんいい。その理由は、読めばおわかりだろう。

大きなニンジン

結末その1は愉快な終わり方であり、結末その2は一種のどんでん返しだ。結末その3は、短いが教訓がある。物語は本来、教訓など必要としないものだが、たまにはそういうものがあってもいいだろう。

ポケットの百リラ

この物語の結末は三つともあまりよくないように思う。というのも、これは真の意味での物語ではなく、働きたくない者が考えだした夢物語だからだ。だが、そういう者たちの気持ちも汲《く》んでやるべきだろう。かわいそうに、ずっと働き続けてきたにもかかわらず、大した稼ぎを得ることもできず、百リラのポケットマネーさえ、ままならないのだから。

旅する猫

この場合も、まだ存在していない結末がいいと思う。私はいつだって未来を信じている。

解説

関口英子

本書『羊飼いの指輪　ファンタジーの練習帳』は、自らを「おもちゃの作り手」と呼んだイタリアの児童文学作家、ジャンニ・ロダーリ（一九二〇〜八〇年）が一九七一年に単行本としてまとめた《*Tante storie per giocare*》（遊ぶためのたくさんの物語）の邦訳である。日本には、一九八一年に『物語あそび——開かれた物語』というタイトルで筑摩書房より紹介されている。本国イタリアでは刊行以来、版が重ねられ、読みつがれてきたものだが、今回の翻訳にあたっては、Einaudi Ragazzi 社の最新版に従った。それぞれの物語のもととなっているのは、一九六九年一〇月二二日から一九七〇年三月二五日にかけて、毎週水曜日にＲＡＩ［イタリア国営放送］で放送された三〇分のラジオ番組である。その後、放送された脚本にロダーリが手をくわえ、一九七〇年から七一年にかけて「コッリエーレ・デイ・ピッコリ」［イタリアの主要日刊紙「コッリエーレ・デッラ・セーラ」から刊行されていた子ども向けの週刊漫画雑誌。子どもたちのあいだで絶大な人気を誇り、影響を受けた文化人も多い」に連載された。

ロダーリが数名の子どもたちとスタジオに会し、みんなで話し合いながら物語の結末を考えたという番組におけるやりとりは、名著『ファンタジーの文法』（邦訳はちくま文庫で読むことができる）にロダーリ自身が詳しく明かしているので、少々長くなるが以下に引用しておく。

＊　＊　＊

《遊ぶためのたくさんの物語》というラジオ番組で、私は子どもたちのグループに幽霊の話を聞かせた。「火星に暮らす幽霊の話だ。暮らすといっても、なんとか生きのびているといった具合で、誰からもまともに相手にしてもらえない。大人からも子どもからもバカにされ、錆《さ》びた古い鎖を引きずっても誰も怖がってくれない。そこで仕方なく、地球に移住することにした。地球ではいまだに大勢の人が幽霊を怖がっているという噂を聞いたからなんだ……」

聞いていた子どもたちは笑いだし、自分は幽霊なんて少しも怖くないと断言する。

「この物語はここまでしかない。続きを考えて完成させたいんだけど、みんなだったら、どんな結末にする？」

するると、子どもたちが口ぐちに答えだす。

「幽霊たちが地球に向かって旅をしているとちゅうに、誰かが宇宙の案内標識を移動しちゃうの。それで、幽霊たちはどこか別の遠い星にたどりつくんだ」

「案内標識なんて変えなくたって、どうせ幽霊は前が見えないよ。だって、シーツをかぶってるでしょ？　だから、道を間違えて、月にたどりついちゃう」

「地球までちゃんとたどりつける幽霊も少しはいるけど、人数が少なすぎて、人間を驚かすことはできない」

子どもたちは六歳から九歳まで五人。ついさっきまで幽霊なんてちっとも怖くないということで全員の意見が一致していたはずなのに、今度はなんとしてでも幽霊を地球に到達させまいという気持ちが、ほぼ全員に共通してみられる。聞き手という立場にあったときには、安心しきっていて笑う余裕もあったのだが、語り手の立場に置かれると、たちまち「用心しろよ」と呼びかける心の中の声に従うようになる。そして、子どもたちの空想は、無意識ながらも彼らが抱えているすべての恐怖心（幽霊だけではなく、幽霊によって象徴される他のものも）によって導かれるのだ。

このように「想像力の算数」には、感情の働きが影響を及ぼす。物語というものは、多様なフィルターを通して進んでいくものである。幽霊の話が、明らかに滑稽な物語として提示されたにもかかわらず、子どもたちは一種の脅威として受けとめたのだ。「送り手側の信号《コード》」としては笑いを引き出す意図で発せられたはずのものが、「受け手側の信号《コード》」に当てはめたとき、警戒警報を鳴らしたということだ。

ここで語り手は、ほっと安心できる結末（「幽霊たちは天の川の底に沈んでしまった」）か、挑発的な結末（「幽霊たちは地球に着陸し、地球に大騒動を引き起こすのだった」）かを選ぶことができる。このとき、私は個人的には意外性のある結末を選んだ。火星から移住してきた幽霊たちが、月の辺りまで来たところで、同じ理由で地球を後にした幽霊たちと鉢合わせになり、一緒に宇宙の果てに消えていくのだ。要するに、「恐怖心」と、「優越感からくる笑い」との均衡を保とうとしたといえるだろう。もしも間違っていたら、罰ゲームに甘んじることにしよう。

同じラジオ番組で、別のグループの子どもたちに提示したのは、毎晩泣き声が聞こえてくるせいで寝つけない男の物語だ。泣いている人が近くにいようが遠くにいようが（物語では、この男は地球の隅から隅まであっという間に移動できる設定になっている）、自分を必要としている人に手を差し伸べるまで、彼の心が休まることはない。いわば、連帯をテーマとした単純な寓話だ。ところが、いざ結末を話し合う段になって、なにかアイディアはないかと訊かれた最初の子どもが、ためらわずに言った。「うーん、僕だったら耳栓をするなあ」

この答えから、この子が利己的で非協調的な子どもだと推測するのは簡単だが、的外れである。子どもというのは当然誰もが自己中心的であり、問題はそこではない。この子は、物語のシチュエーションの滑稽な側面を「解読」していたのであり、泣いている人がかわいそうだと思う気持ちよりもそちらを重視したのだ。泣き声に心を奪われるのではなく、来る晩も来る晩もゆっくり眠ることのできない――その理由がなんであろうと――哀れな男の立場にたって、彼のシチュエーションを疑似体験していたのだ。

もうひとつ断っておきたいのは、ラジオの収録がおこなわれたのはローマであり、ローマ人というのは、たいていきついジョークが好きだということだ。子どもも例外ではない。そのうえ、特に参加していた子どもたちは、まわりの雰囲気（ラジオ局のスタジオであり、子どもたちはそこで何度か顔を合わせている）に少しも気《き》後《おく》れせず、最初に思いついたことをそのまま口にすることに慣れていた。もちろん、子どもならではの自己顕示欲も無視することはできない。

結末について話し合う過程で、その子はグループの中でもとりわけ強く、この世界は苦悩に満ちているという認識を持っていることがわかった。目につく苦悩と、隠されている苦悩の違いこそあるものの、苦しみやうまくいかないことはこの世の中にいくらでもあり、方々に出掛けていって手を貸さなければいけないという義務感に駆られたならば、眠る時間などなくなることを理解していたのだ。いずれにしても、彼の反応はとても貴重なもので、心根の優しすぎる男の物語には、同情をそそる結末よりも、波乱に満ちた結末を考えだしたほうがいいというヒントをくれた。つまり、ずっと苦しまなければならない状況に男を置くよりも、敵に立ち向かっていき、勝利を収める可能性を秘めた物語にするべきなのだ（こうして、実際にそのような結末が書かれた。他人を助けるために夜な夜な出歩いていた男は、泥棒と勘違いされて牢屋に入れられてしまう。それでも、これまで彼に救われた人たちが世界じゅうから駆けつけ、彼を牢屋から出してくれるかもしれないのだ）。

物語のどのような細部が、あるいはどのような言葉が、どのような展開が「解読」のきっかけとなるかは、あらかじめ予測することはできない。

また別の収録では、嘘をつくたびに鼻が伸び、伸びた分の木を切り落として集め、それを売って金持ちになるピノッキオの物語を聞かせた。結末をめぐって話し合いをはじめると、その場にいた子どもたちは誰もが、懲罰的な結末を考えた。「嘘」イコール「悪いこと」という方程式が、価値体系の一部として組み込まれていて、議論の余地もないのだ。そのうえ、物語のピノッキオには「ペテン師」というレッテルが貼られており、ペテン師を最後に罰するのが正義だと思っている。要するに子どもたちは、物語をおもしろがって聞いていたにもかかわらず、「抜け目のないピノッキオ」に罰を与えることは自分たちの義務だと思い込む。「盗人」のなかには牢屋に入れられることもなく、最上層の市民となり、社会の柱となるようなタイプの盗人もいることを理解できるくらいまで、この社会での経験を積んだ子はいなかった。したがって、ピノッキオが世界でいちばんの有名な金持ちとなり、記念の彫像が建てられたという結末は、子どもたちが考えだしたものではない。

では、どのような罰がふさわしいのかという点になると、議論はさらに活発で創造的なものとなる。ここで、「嘘・真実」というお決まりの二項目が大きな役割を果たすのだ。「ペテン師」の築いた富は、彼が真実を口にすることによって、そっくり消えてなくなってしまうというのが子どもたちの考えだった。それに対し、ピノッキオは抜け目がなく、ぜったいに真実を口にするまいと注意しているので、うっかり言わせるための罠をしかけなくてはならない。この罠を考えるのがとても楽しい作業となった。「真実」自体は価値あるものとして捉えられているが、「楽しい」ものではない。だが、その同じ「真実」が「罠」によって味付けされることによって、楽しいものとなるのだ。

ここに至って子どもたちは、もはや侵害された真実の仇を討たなければならない復讐者の立場ではなく、「ペテン師」をなんとしてでも騙さなければならない、もう一人の「ペテン師」の立場に立つ。型にはまった道徳心は、たんに彼らが楽しむための口実となり、はっきりいってしまえば「非道徳」なものとなるのだ。そこには、ひとつの法則があるように思われる。すなわち、「真の意味での創造性は、必ずなんらかの両義性を持つものである」。

「開かれた」物語——未完成であるか、あるいはいくつかの結末を選ぶことが可能な物語——は、《ファンタジーの練習帳》といった形式を持っている。いくつかのデータが提示され、解決に結びつくよう、その組み合わせを決めなければならないのだ。それを決めるにあたっては、さまざまな観点からの計算がかかわってくる。純粋にイメージの働きを基礎とするファンタスティックな計算、内容を考慮したモラル上の計算、経験にもとづくセンチメンタルな計算、明確にすべき「メッセージ」が浮かびあがるものの場合には、イデオロギー的な計算もあるだろう。物語の結末について話し合っていたはずなのに、議論を深めていくうちに、本来の物語とはまったく無縁の論点を発見することもあるだろう。そんな時には、物語を物語自身の持つ運命に委ねて、偶然から生まれたヒントに従うことをためらうべきではないと私は考える。

（『ファンタジーの文法』第四十一章「遊ぶための物語」）

＊　＊　＊

代表作『チポリーノの冒険』をはじめ、数多くの名作を残し、一九七〇年には《国際アンデルセン賞作家賞》を受賞したロダーリだが（生涯については、本文庫の『猫とともに去りぬ』で詳しく紹介したので、そちらを参照されたい)、机に向かって執筆するだけでなく、学校や幼稚園などをまわり、実際に子どもたちと触れ合いながら、想像力を解き放ち、物語の世界で遊ぶことの楽しさを伝える活動にも力を入れていた。子どもたちと向き合っているときのロダーリは、創作というメカニズムのなかに子どもをひきこむ能力に秀でていたといわれている。

本書におさめられた物語群は、語られているストーリーそのものよりも、読み手を語りの舞台にひきこみ、能動的に「遊び」に加わってもらうことに重点がおかれている。誰もが知っている童話や登場人物——「魔法の小太鼓」はグリム童話の「いばらのなかのユダヤ人」が下敷きとなっているし、「笛吹きと自動車」はドイツの民話「ハーメルンの笛吹き男」、「夜の声」はアンデルセン童話の「エンドウ豆の上のお姫さま」、「大きなニンジン」はロシア民話の「大きなかぶ」、「抜け目のないピノッキオ」は……敢えていうまでもないだろう——を解体し、パターン化された会話や小道具に、現代的なセンスと、ロダーリならではのユーモアやアイロニーを加えながら、未完のまま投げかけることにより、子どもたちの想像力を最大限に引き出し、たんなる「聞き手」ではなく、「語り手」として物語作りに参加させることに見事に成功しているのだ。

物語作りは、算数と同様、きっかけさえ与えられれば誰にでもできるものであるはずだとロダーリは考えた。「教育の場において、想像力がしかるべき重要性を持つべきだと考える人たち、子どもたちが本来持つ創作力に信頼を寄せている人たち、そして、言葉というものが、どれほど自己を解き放つ価値を持っているかを知っている人たちにとって」役立つものであるようにとの願いから著《あらわ》された画期的論考『ファンタジーの文法』が、そんな物語を作るうえでの理論書だとしたら、それに先駆けて刊行された本書は、ロダーリ自らが《ファンタジーの練習帳》と呼んでいるとおり、物語作りの実践のための練習帳と位置付けることができるだろう。

ロダーリの用いる《ファンタジー》(イタリア語では fantasia《ファンタジア》)という言葉は、物語のジャンルとしてのファンタジーではなく、空想力、想像力、創造力からなる、人間の精神活動に欠かせない能力を指し、ロダーリの作品や影響を考えるうえでの重要な鍵となっている。ロダーリは、《ファンタジー》はどんな人でも生来《せいらい》持っているはずであり、人間が生きていき、世の中とかかわっていくうえで非常に重要なものだと考えていた。そんな彼の考えが如実にあらわれているのが、国際アンデルセン賞作家賞の受賞記念講演での言葉だ。

「猫を話題にしながらも、人間に話しかけることは可能ですし、愉快な童話を語りながら、真面目な、重要な事柄について述べることもできます。だいいち、真面目な人というのは、いったいどういう人のことを指すのでしょう。たとえばアイザック・ニュートン。彼は、非常に真面目な人物だったと私は思います。ニュートンにまつわる逸話が正しいとすれば、ある時、彼がリンゴの木の下で涼んでいると、頭の上にリンゴが落ちてきた。別の人であれば、そんな時、文句の一つや二つでも口にし、別の木の下に移動したことでしょう。ところが、ニュートンはあれこれと自分に問うのです。『なぜ、リンゴは下に落ちてきたのだろう。どうして上に向かって飛んでいかなかったのか。右や左やななめに落ちてもよさそうなものなのに、まっすぐ下に向かって落ちたのはなぜか。きっとリンゴを下に落とすために、なにかミステリアスな力が働いたに違いない。だとしたら、それはどんな力なのだろう』。想像力のない人であれば、この話を聞いて、きっとこんなふうに思うことでしょう。『ミステリアスな力の存在を信じるなんて、ニュートンという人はちっとも真面目じゃない。地球の中心に魔法使いがいて、リンゴを引っ張っているなんて、とんでもない発想じゃないか。まるで『千夜一夜物語』の「空飛ぶじゅうたん」のように、リンゴが空を飛ぶとでも思っているのだろうか。まったく、いい年をして、童話を信じるなんて……』

ですが、誰もが知っている重要な発見に至ったのは、ニュートンがあらゆる方向性に対して開かれていた精神を持っていたからなのです。知らないものを想像することのできる偉大な《ファンタジー》を持っていて、その使い方を知っていた。偉大な科学者であるためには、まだ存在していないものを想像するには、いま私たちが生きている世界よりも、よい世界を思い描き、それを実現するための行動に移るためには、壮大な《ファンタジー》が、強靭な想像力が必要なのです。

私は、童話というものは、昔から語りつがれてきたものも、新しく作られたものも、人の精神の成長のために役に立つものだと考えます。童話は、あらゆる仮定が成り立つ場だからです。童話こそが、新たな道をたどって現実世界に入りこむための鍵となり、子どもたちが世の中を知るうえでの手助けとなるものなのです」

このような《ファンタジー》を重要視する姿勢は、ロダーリと同時代に、やはりイタリアで活躍したマルチクリエーター、ブルーノ・ムナーリ（Bruno Munari、一九〇七〜九八年）にも共通するものである。実際、ロダーリの詩集や童話のイラストをムナーリが担当するなど、二人は児童書の分野で一緒に仕事をしたこともある。ムナーリに、この《ファンタジー》を定義させると、次のようになる。

「何よりも自由な能力であり、考えついたそのことがほんとうに実現できるだろうか、機能面はどうだろうかとかいったことにとらわれなくていい。どんなことでも自由に考えていいのである。最高にバカげたことだろうが、絶対に信じられないことだろうが、どんなに不可能なことだろうが、それでいいのだ」そのうえで、「ある人が将来クリエイティヴな人間になるか、あるいは単なる記号の反復者になるかは教育者にかかっている。ある人が自由に生きるのか、それとも条件づけられて生きるのかは人生の初期段階をどのように過ごしたか、そこで何を経験し、どんな情報を記憶したか、ということにかかっているのである。大人たちは未来の人間社会がかかっているこの大きな責任に気づくべきではないだろうか」（『ファンタジア』みすず書房・萱野有美訳より）と教育者への警告を発しているのだ。

教育者のあり方については、ロダーリも『ファンタジーの文法』のなかで、次のような考え方を紹介している。

「教師は、『アニメーター』となる。すなわち、創造力のプロモーターだ。一日につき一口などと分量が定められ、きれいにパッケージングされた知識を伝達するのは時代遅れだ。仔馬の調教師でもなければ、アザラシの訓練師でもないのだから。子どもたちのそばにいて、子どもたちとともに自分のいちばんよいものを表現し、一連の活動をとおして、創造力と想像力を働かせ、建設的に参加するという素質を伸ばしていくことのできる大人でなければならない」

そして、学びの場である学校について、こう述べている。「死んだ学校と生きている学校のあいだの明らかな違いは、次のとおりである。『消費者』のための学校は死んでおり、いかに生きているフリをしようとしても、腐敗を遠ざけることはできない（腐敗していることは誰の目からも明らかなのだから）。学校を、生きた、新しい場所にしたかったら、ひたすら『創造者』のための学校にしなければならないのだ。『生徒』として、あるいは『教師』として学校に存在するのではなく、一人ひとりが完全な人間として、学校に存在するべきなのだ」

このようなロダーリやムナーリの《ファンタジー》を大切にする思想は、世界最高水準の教育実践として注目を集めているイタリアのレッジョ・エミリア市の幼児教育（レッジョ・アプローチ）にも影響を与えている（この幼児教育については、『驚くべき学びの世界』［ACCESS出版］に詳しい）。ロダーリは、レッジョ・エミリア市と縁が深く、『ファンタジーの文法』も、一九七二年に同市で開かれた、小学校の先生や幼稚園・保育園の保育士たちの集まりにおける講演《ファンタジー学との出会い》の内容をまとめたものである。一方、身近なものをプロジェクターで映し出し、「光のトリック」として子どもの想像力をふくらませようというレッジョ・エミリア市の幼児教育で用いられているアプローチのひとつは、ムナーリの前掲書『ファンタジア』などでも紹介されている。

もともとレッジョ・アプローチは、子どもの想像性を奪う教育に疑問を抱いていた親や教育現場で働く人たちの声をきっかけに生まれた市民発の幼児教育のあり方であり、やがて世界的な注目を浴びるにいたった。レッジョ・エミリア市ではいまでも市をあげてこの幼児教育に取り組んでいる。そのひとつの例が、《レッジョ語り［Reggionarra］》と呼ばれるイベントだ。この日は、バール、広場、建物、道……街の至るところが物語の舞台となり、音楽、人形劇、パフォーマンス、さまざまなオブジェ、そしてなにより目を輝かせた子どもたちでいっぱいになる。子どもたちはもとより、アニメーターとして子どもたちをまとめている大人たちの楽しそうなこと。物語のあるべき姿とは、書き手から読み手への、あるいは大人から子どもへの一方通行なのではなく、双方が同じ視点で楽しむことなのだということを教えてくれる。

本書は、《レッジョ語り》だけでなく、イタリアの各地の図書館、おもちゃの図書館《ルドテーカ》、保育園、幼稚園、小学校、ワークショップ、家庭などで、物語の世界で遊ぶための最高の素材としていまだに愛用されている物語集だ。いつまでも読みつがれる名作は数多いが、本書ほど、現代に息づいている作品は珍しいのではないだろうか。物語が「開かれている」というのは、まさにこういうことを指すのだろう。そしてこれこそが、「おもちゃの作り手」と自負するロダーリからの、世代を超えた子どもたちへのプレゼントなのだ。

「未来の人間社会がかかっている」子どもたちの成長に、さまざまな立場からかかわる日本の大人たちがロダーリ、ムナーリ、そしてレッジョ・アプローチに共通する《ファンタジー》から学ぶべきことは、けっして少なくないはずだ。

最後に、ふたたびロダーリの言葉を。

「いまある学校の姿の先にあるものを見据え、学校という『時間制の少年院』の壁が崩壊するところを思い描くには、現在もなお、多大な想像力が必要であることは否めない。それだけでなく、この世界がこれからも存在し続け、より人間的なものとなっていくだろうことを信じるためにも、想像力というものは不可欠なのだ」

ジャンニ・ロダーリ年譜

一九二〇年
北イタリアのオメーニャに生まれる。

一九二九年　九歳
父の死。ロンバルディア州のヴァレーゼに転居。

一九三七年　一七歳
師範学校を卒業。

一九三九年　一九歳
ミラノ・カトリック大学外国語学部に入学。臨時教師として小学校で教える。

一九四三年　二三歳
レジスタンス運動に加わる。

一九四四年　二四歳
イタリア共産党に入党。

一九四五年　二五歳
機関誌「ロルディネ・ヌオーヴォ」（*L'Ordine Nuovo*）の編集をはじめる。

一九四七年　二七歳
ミラノで、共産党の日刊紙「ルニタ」（*L'Unità*）の記者となる。

一九四九年　二九歳
同紙の日曜版で子ども向けのページを担当。

一九五〇年　三〇歳

ローマに移り、子ども向け週刊誌「ピオニエーレ」（*Pioniere*）の創刊に携わる。最初の詩集『わらべ歌の本』（*Il libro delle filastrocche*）刊行。

一九五一年　三一歳
『チポリーノの冒険』（*Il romanzo di Cipollino*）刊行。

一九五三年　三三歳
マリア・テレザ・フェッレッティと結婚。

一九五四年　三四歳
『青矢号のぼうけん』（*Il viaggio della Freccia Azzurra*）刊行。

一九五七年　三七歳
一人娘のパオラが生まれる。

一九五八年　三八歳
日刊紙「パエーゼ・セーラ」（*Paese Sera*）の執筆協力をはじめる。

一九五九年　三九歳
銀行協会の冊子「ラ・ヴィア・ミリオーレ」（*La Via Migliore*）に作品の掲載をはじめる。

一九六〇年　四〇歳
『空と大地のわらべ歌』（*Filastrocche in cielo e in terra*）をエイナウディより刊行。

一九六一年　四一歳
子ども向けの週刊漫画雑誌「コッリエーレ・デイ・ピッコリ」（*Corriere dei Piccoli*）に作品の掲載をはじめる。

一九六二年　四二歳
『もしもし…はなしちゅう』（*Favole al telefono*）、『パジャマをきた宇宙人』（*Il

pianeta degli alberi di Natale）、『ジップくん宇宙へとびだす』（*Gip nel televisore. Favola in orbita*）刊行。

一九六四年　四四歳

月刊誌「保護者ジャーナル」（*Il Giornale dei Genitori*）の編集・執筆協力をはじめる。

『まちがいの本』（*Il libro degli errori*）刊行。

一九六五年　四五歳

『まちがいの本』でアントニオ・ルビーノ賞受賞。

一九六六年　四六歳

『空にうかんだ大きなケーキ』（*La torta in cielo*）刊行。

一九六八年　四八歳

「保護者ジャーナル」の責任編集を務める。

一九六九年　四九歳

RAIで、子どもたちと一緒にラジオ番組を担当する。

一九七〇年　五〇歳

《国際アンデルセン賞作家賞》受賞。

一九七一年　五一歳

『羊飼いの指輪――ファンタジーの練習帳』（*Tante storie per giocare*）刊行。

一九七二年　五二歳

レッジョ・エミリアで《ファンタジー学との出会い》（*Incontri con la Fantastica*）開催。同市議会が幼児教育に関する憲章を制定する。

一九七三年　五三歳

『猫とともに去りぬ』（*Novelle fatte a macchina*）、『ファンタジーの文法―物語創作法入門』（*Grammatica della fantasia. Introduzione all'arte di inventare storie*）刊行。

一九七七年　五七歳

ブルーノ・ムナーリの『ファンタジア』（*Fantasia*）が刊行される。

一九七八年　五八歳

『二度生きたランベルト』（*C'era due volte il barone Lamberto ovvero I misteri dell'isola di San Giulio*）刊行。

一九七九年　五九歳

『二度生きたランベルト』がモンツァ賞の最終候補となる。

一九八〇年　六〇歳

四月一〇日入院、同一四日、心不全のため死去。

『陣取りあそび』（*Il gioco dei quattro cantoni*）刊行。

一九八二年

『ファンタジーの文法』誕生十周年を記念する会議《ファンタジーが理性と一緒に馬にまたがったなら》（*Se la fantasia cavalca con la ragione*）が、レッジョ・エミリア市で開催される。

一九八七年

オルヴィエート市に《ジャンニ・ロダーリ研究センター》（*Il centro studi Gianni Rodari*）設立。

訳者あとがき

解説でも触れたように、《ファンタジー》という言葉をキーワードに六〇年代から七〇年代にかけてのイタリアを眺めると、とても興味深い動きが見えてくる。ジャンニ・ロダーリ、ブルーノ・ムナーリ、そしてレッジョ・エミリア市の幼児教育（レッジョ・アプローチ）の基礎を築いたローリス・マラグッツィが、それぞれ児童文学界、デザイン界、教育界と別の分野で、《ファンタジー》の重要性を唱えているのだ。三者が相談のうえでというわけではなく、子どもたちとかかわるうえで何にいちばん重きをおくべきかを、おのおの自分が活躍している分野で追求していったら、必然的に《ファンタジー》という結論に達したといったほうがいいだろう。したがって、ロダーリとムナーリで一緒に児童書を製作したり、ムナーリの光のトリックやロダーリの物語あそびの発想をレッジョ・アプローチで採り入れたりといった部分的に重なるところはみられても、共に活動したわけではない。

おもしろいことに、ムナーリは自著『ファンタジア』について語った講演会で、書店へ行って「《ファンタジー》についての本はないか」と訊ねたら、「ロダーリの『ファンタジーの文法』しかない」という答えが返ってきた、ロダーリは物語を書くうえでの《ファンタジー》を説いたのだから、自分は絵やデザインを描くうえでの《ファンタジー》を説いてみようと思い立ったという趣旨のことを述べている。物語を創ることも、絵やデザインを描くことも、生まれつきの才能がものをいうと思われがちな分野だが、ロダーリとムナーリがそれぞれの分野で分担し、わかりやすい言葉を用いて《ファンタジー》をさまざまにパターン化し、分析しながら、万人に「これならばわたしにもできるかもしれない」と思わせる解説書を著してくれたわけだから、イタリア人はなんて幸せなのだろうと思わずにはいられない。

一方でレッジョ・エミリア市の市立乳児保育所・幼児学校の主事を務めていたマラグッツィは、ロダーリとムナーリの手法を現場で実践し、試行錯誤しながら子どもたちの《ファンタジー》を引き出すための幼児教育の在り方を考えつづけた。こうして、それぞれが別々の分野で活躍していたことが幸いし、広範囲にわたるゆるやかな波が形成され、イタリアの社会に、なにより子どもたちや、子どもとかかわる大人たちに、大きな影響をおよぼしたのではないかと考えられる。

ひるがえって、日本の子どもたちの居場所である家庭や学校（ましてや塾！）において、これまで《ファンタジー》というものの大切さがどれほど顧みられてきただろうか。ゼロに等しいといっても過言ではないだろう。日本の大多数の学校教育の現場で子どもたちが「与えられている」教材の山を見れば一目瞭然だ。算数セット、百ます計算、習字のお手本、作り方にしたがって組み立てるだけの理科の実験セット。本来ならば創造力を培う場であるはずの図画工作でさえも、一人分ずつ丁寧にパッケージングされた「材料」を押しつけられるし、分刻みの「朝読」まで強いられる。

「朝読」は、ご存じのとおり、子どもたちを読書好きにしようというもっともらしい名目を掲げ、二〇年ほど前から全国の学校にひろがった運動で、朝の決められた時間にみんなでいっせいに本を読む「読書タイム」を設けるというものだ。「朝読」を実施するに当たっての教師向けマニュアルに、こんな記述がある。「九時三五分に『朝の読書』を開始する。九時三五分のチャイムと同時に『読書を始めます』と、始まりを告げる。九時四五分に読書を終了し、本を閉じさせる。九時四五分のチャイムと同時に『朝の読書カードに今日の記録をしましょう』などと告げる……」。これでほんとうに読書好きになるのだろうかと疑問を抱かずにはいられない（ちなみにロダーリは、「子どもを読書嫌いにする九か条」のなかで、学校で読書を強制すると、子どもたちに「本を読むことは、大人が命令し、大人の側からの権威の行使と結びついた、避けがたい苦痛の一つである」という教訓を与えるだけだと述べている〔『幼児のためのお話のつくり方』作品社・窪田富男訳〕）。

学ぶ喜び、探求する喜び、想像をふくらませる喜び、物語の世界で遊ぶ喜び、自分なりの結末を考える喜び……教師までもがマニュアル通りに動く分刻みの教室で、本来の学びにもっとも必要なはずのこれらの喜びにいっさい蓋をされてしまった子どもたちは、点数や教師の評価のみに一喜一憂し、受験勉強へと追い立てられていく。日本の学校における子どもとは「消費者」でしかなく、ムナーリのいうところの「単なる記号の反復者」を大量生産しているだけなのではないだろうか。

そんな日本の教育のあり方に疑問を抱き、これからの教育のあるべき姿を模索している人は少なくないはずだ。いま、レッジョ・アプローチに多くの日本人からの熱い視線が注がれているのも、そのあらわれだろう。実際、今年の四月から七月にかけて東京のワタリウム美術館で開かれていたレッジョ・アプローチを紹介する展覧会「驚くべき学びの世界展」には、若者を中心に連日大勢の人が訪れ、ビデオや作品に見入っていた。私は、熱心にメモをとる若者たちの姿に希望を見た気がした。

イタリアでロダーリの『ファンタジーの文法』が刊行された一九七三年、児童文学作家のロベルト・デンティは、「子どもたちの創作力を押しつぶし、支配しようというマスメディアや学校、家庭やテレビといった、社会全体に共通するあらかじめパッケージングされた環境に対抗するものである」と評した。つまり、当時のイタリアの子どもたちがおかれていた環境は、いまの日本のそれと大して変わらなかったことがうかがえる。四〇年近く遅れをとってしまったようだが、イタリアには「なにもしないより遅いほうがマシ」という諺《ことわざ》がある。遅刻の常習犯である彼らが言い訳としてよく用いるものだが、私はこれを、「遅くなってしまったからといって、しないことの言い訳にはならない」と解釈したい。

けっして理想の社会が築けているとは言えないいまだからこそ、子どもたちが「まだ存在しないものを想像し、いま私たちが生きている世界よりも、よい世界を思い描き、それを実現するための行動に移る」ことができるよう、《ファンタジー》を大切に育てていくべきなのではないだろうか。それはまた、他者を思いやる心を育て、権力の横暴（無能？）に屈しないしなやかさを養い、苦しいときには生きる糧を与え、苦難の時代には未来への希望を見出すことにもつながるはずなのだから。

＊　＊　＊

「光文社古典新訳文庫」の栄えある創刊記念の一冊としてロダーリの短編集『猫とともに去りぬ』を訳してから、早くも五年の歳月が経とうとしている。ドストエフスキーやシェイクスピア、トゥルゲーネフといった文豪たちと並べてしまったら、ロダーリの名がかすんでしまうのではないかと訳者のほうが気後れしたものだが、まったくの杞憂であった。古典新訳文庫に加えていただいたおかげで、ロダーリはみごとに日本での再飛躍を果たし、その豊かな発想と知的なユーモアで多くの読者を魅了した。この五年のあいだに、ロダーリの珠玉のショートショート集『電話で送ったお話』の新訳である『パパの電話を待ちながら』（講談社）をはじめ、『青矢号―おもちゃの夜行列車』『チポリーノの冒険』（いずれも岩波少年文庫）など、代表作の新訳も相次いでいる。そんなもはや古巣といえる場所で、こうしてまたロダーリの作品を皆さんにお届けすることができるなんて、喜びも一入《ひとしお》である。こうしてふたたびロたい。ダーリ作品の翻訳を任せてくださった光文社翻訳編集部の皆さんに深く感謝したい。

そのほかロダーリ、ブッツァーティ、レーヴィに続いて、今回も編集の労をとってくださった川端博さん、レッジョ・アプローチを再発見するきっかけをくださった東京大学の佐藤学教授、そして言葉の世界で自在に遊ぶロダーリの文章の解釈を手伝ってくれたマルコ・ズバラッリ……。この本がこうして形になるには、多くの方々のお力添えをいただいた。この場を借りて、心よりお礼を申しあげる。

スローフードにしろ、レッジョ・アプローチにしろ、イタリアの市民発の文化のパワーには世界を圧倒するものがある。ロダーリもムナーリも、従来の教育のあり方に疑問を抱き、ワークショップの企画を携えて学校や美術館をまわり、自ら子どもたちのいる場に飛び込んでいった。私たち日本人がイタリアにもっとも学ぶべきところは、こういった市民と社会のかかわり方なのではないだろうか。

二〇一一年八月

関口英子

kobunsha classics
光文社古典新訳文庫

羊《ひつじ》飼《か》いの指輪《ゆびわ》　ファンタジーの練習帳《れんしゅうちょう》

著者　ロダーリ
訳者　関口《せきぐち》英子《えいこ》

2011年10月20日　初版第1刷発行
2020年7月5日　第2刷発行

発行者　田邉浩司
印刷　新藤慶昌堂
製本　ナショナル製本

発行所　株式会社光文社
〒112-8011東京都文京区音羽1-16-6
電話　03（5395）8162（編集部）
03（5395）8116（書籍販売部）
03（5395）8125（業務部）
www.kobunsha.com

落丁本・乱丁本は業務部へご連絡くだされば、お取り替えいたします。
ISBN978-4-334-75238-5 Printed in Japan

いま、息をしている言葉で、もういちど古典を

長い年月をかけて世界中で読み継がれてきたのが古典です。奥の深い味わいある作品ばかりがそろっており、この「古典の森」に分け入ることは人生のもっとも大きな喜びであることに異論のある人はいないはずです。しかしながら、こんなに豊饒で魅力に満ちた古典を、なぜわたしたちはこれほどまで疎んじてきたのでしょうか。

ひとつには古臭い教養主義からの逃走だったのかもしれません。真面目に文学や思想を論じることは、ある種の権威化であるという思いから、その呪縛から逃れるために、教養そのものを否定しすぎてしまったのではないでしょうか。

いま、時代は大きな転換期を迎えています。まれに見るスピードで歴史が動いていくのを多くの人々が実感していると思います。

こんな時わたしたちを支え、導いてくれるものが古典なのです。「いま、息をしている言葉で」――光文社の古典新訳文庫は、さまよえる現代人の心の奥底まで届くような言葉で、古典を現代に蘇らせることを意図して創刊されました。気取らず、自由に、心の赴くままに、気軽に手に取って楽しめる古典作品を、新訳という光のもとに読者に届けていくこと。それがこの文庫の使命だとわたしたちは考えています。

このシリーズについてのご意見、ご感想、ご要望をハガキ、手紙、メール等で翻訳編集部までお寄せください。今後の企画の参考にさせていただきます。
メール　info@kotensinyaku.jp

光文社古典新訳文庫　好評既刊

猫とともに去りぬ
ロダーリ
関口　英子 訳

猫の半分が元・人間だってこと、ご存知でしたか？　ピアノを武器にするカウボーイなど、人類愛、反差別、自由の概念を織り込んだ、知的ファンタジー十六編を収録。

神を見た犬
ブッツァーティ
関口　英子 訳

突然出現した謎の犬におびえる人々を描く表題作。老いた山賊の首領が手下に見放されて「護送大隊襲撃」。幻想と恐怖が横溢する、イタリアの奇想作家ブッツァーティの代表作二十二編。

天使の蝶
プリーモ・レーヴィ
関口　英子 訳

アウシュビッツ体験を核に問題作を書き続け、ついに自死に至った作家の「本当に描きたかったもうひとつの世界」。化学、マシン、人間の神秘を綴った幻想短編集。（解説・堤　康徳）

薔薇とハナムグリ
シュルレアリスム・風刺短篇集
モラヴィア
関口　英子 訳

官能的な寓話「薔薇とハナムグリ」ほか、現実にはありえない世界をリアルに、悪意を孕む筆致で描くモラヴィアの傑作短篇15作。「読まねば恥辱」級の面白さ。本邦初訳多数。

月を見つけたチャウラ
ピランデッロ短篇集
ピランデッロ
関口　英子 訳

いわく言いがたい感動に包まれる表題作に、作家が作中の人物の悩みを聞く「登場人物の悲劇」など。ノーベル賞作家が、人生の真実を時に優しく時に辛辣に描く珠玉の十五篇。

光文社古典新訳文庫　好評既刊

うたかたの日々
ヴィアン
野崎　歓　訳

青年コランは美しいクロエと恋に落ち、結婚する。しかしクロエは肺の中に睡蓮が生長する奇妙な病気にかかってしまう……。二十世紀「伝説の作品」が鮮烈な新訳で甦る！

カメラ・オブスクーラ
ナボコフ
貝澤　哉　訳

美少女マグダの虜となったクレッチマーは妻と別居し愛娘をも失い、奈落の底に落ちていく……。中年男の破滅を描いた、『ロリータ』の原型で初期の傑作をロシア語原典から。

ピノッキオの冒険
カルロ・コッローディ
大岡　玲　訳

一本の棒っきれから作られた少年ピノッキオは周囲の大人を裏切り、騒動に次ぐ騒動を巻き起こす。アニメや絵本とは異なる〝トラブルメーカー〟という真の姿がよみがえる鮮烈な新訳。

鏡の前のチェス盤
ボンテンペッリ
橋本　勝雄　訳

10歳の少年が、罰で閉じ込められた部屋にある古い鏡に映ったチェスの駒に誘われる。「向こうの世界」には祖母や泥棒がいて……。20世紀前半のイタリア文学を代表する幻想譚。

青い麦
コレット
河野万里子　訳

幼なじみのフィリップとヴァンカ。互いを意識しはじめた二人の関係はぎくしゃくしている。そこへ年上の美しい女性が現れ……。奔放な愛の作家が描く〈女性心理小説〉の傑作。

光文社古典新訳文庫　好評既刊

シェリ

コレット
河野万里子 訳

50歳を目前にして美貌のかげりを自覚するレアは25歳の恋人シェリの突然の結婚話に驚き、心穏やかではいられない。大人の女の心情を鮮明に描く傑作。（解説・吉川佳英子）

ちいさな王子

サン=テグジュペリ
野崎　歓 訳

砂漠に不時着した飛行士のぼくの前に現われた不思議な少年。ヒツジの絵を描いてとせがまれる。小さな星からやってきた、その王子と交流がはじまる。やがて永遠の別れが…。

夜間飛行

サン=テグジュペリ
二木　麻里 訳

夜間郵便飛行の黎明期、航空郵便事業の確立をめざす不屈の社長と、悪天候と格闘するパイロット。命がけで使命を全うしようとする者の孤高の姿と美しい風景を詩情豊かに描く。

海に住む少女

シュペルヴィエル
永田　千奈 訳

大海原に浮かんでは消える、不思議な町の少女の秘密を描く表題作。ほかに「ノアの箱舟」、イエス誕生に立ち合った牛を描く「飼葉桶を囲む牛とロバ」など、ユニークな短編集。

ひとさらい

シュペルヴィエル
永田　千奈 訳

貧しい親に捨てられたり放置された子供たちをさらい自らの「家族」を築くビグア大佐。だが、ある少女を新たに迎えて以来、彼の「親心」は、それとは別の感情とせめぎ合うようになり……。

光文社古典新訳文庫　好評既刊

オンディーヌ
ジロドゥ
二木 麻里 訳

湖畔近くで暮らす漁師の養女オンディーヌは騎士ハンスと恋に落ちる。だが、彼女は人間ではなく、水の精だった—。「究極の愛」を描いたジロドゥ演劇の最高傑作。

椿 姫
デュマ・フィス
西永 良成 訳

青年アルマンと出会い、初めて誠実な愛に触れた娼婦マルグリット。華やかな生活の陰で彼女は人間の哀しみを知った！ 著者の実体験に基づく十九世紀フランス恋愛小説の傑作。

女の一生
モーパッサン
永田 千奈 訳

男爵家の一人娘に生まれ何不自由なく育ったジャンヌ。彼女にとって夢が次々と実現していくのが人生であるはずだったのだが……。過酷な現実を生きる女性をリアルに描いた傑作。

初 恋
トゥルゲーネフ
沼野 恭子 訳

少年ウラジーミルは、隣に引っ越してきた公爵令嬢ジナイーダに恋をした。だがある日、彼女が誰かに恋していることを知る…。著者自身が「もっとも愛した」と語る作品。

鼻／外套／査察官
ゴーゴリ
浦 雅春 訳

正気の沙汰とは思えない、奇妙きてれつな出来事。グロテスクな人物。増殖する妄想と虚言の世界を落語調の新しい感覚で訳出した、著者の代表作三編を収録。

光文社古典新訳文庫　好評既刊

イワン・イリイチの死／クロイツェル・ソナタ
トルストイ
望月 哲男 訳

裁判官が死と向かい合う過程で味わう心理的葛藤を描く「イワン・イリイチの死」。地主貴族の主人公が嫉妬がもとで妻を殺す「クロイツェル・ソナタ」。著者後期の中編二作。

ワーニャ伯父さん／三人姉妹
チェーホフ
浦 雅春 訳

棒に振った人生への後悔の念にさいなまれる「ワーニャ伯父さん」。モスクワへの帰郷を夢見ながら、出口のない現実に追い込まれていく「三人姉妹」。人生の悲劇を描いた傑作戯曲。

飛ぶ教室
ケストナー
丘沢 静也 訳

孤独なジョニー、弱虫のウーリ、読書家ゼバスティアン、そして、マルティンにマティアス。五人の少年は友情を育み、信頼を学び、大人たちに見守られながら成長していく――。

千霊一霊物語
アレクサンドル・デュマ
前山 悠 訳

「女房を殺して、捕まえてもらいに来た」と市長宅に押しかけた男。男の自供の妥当性をめぐる議論は、いつしか各人が見聞きした奇怪な出来事を披露しあう夜へと発展する。

カルメン／タマンゴ
メリメ
工藤 庸子 訳

カルメンの虜となり、嫉妬に狂う純情な青年ドン・ホセ。男と女の愛と死を描いた「カルメン」。黒人奴隷貿易の舞台、奴隷船を襲った惨劇を描いた「タマンゴ」。傑作中編2作。